KB144985

BBULMEDIA

BBULMEDIA

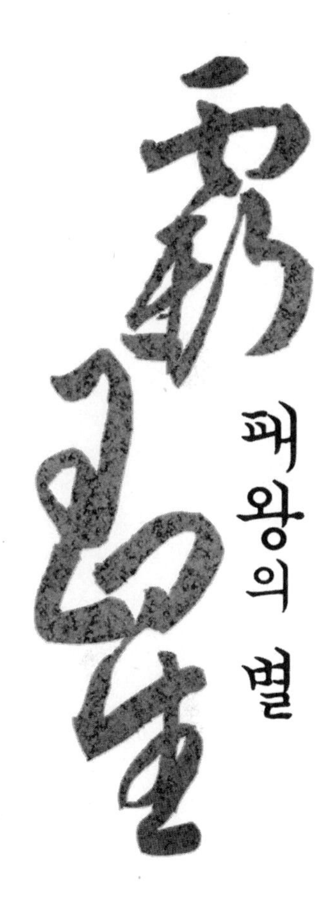
패왕의 별

패왕의 별

3부

23

강호풍 신무협 장편 소설

뿔미디어

목차

제23장
검봉의 눈물, 낭왕과 풍운의 분노

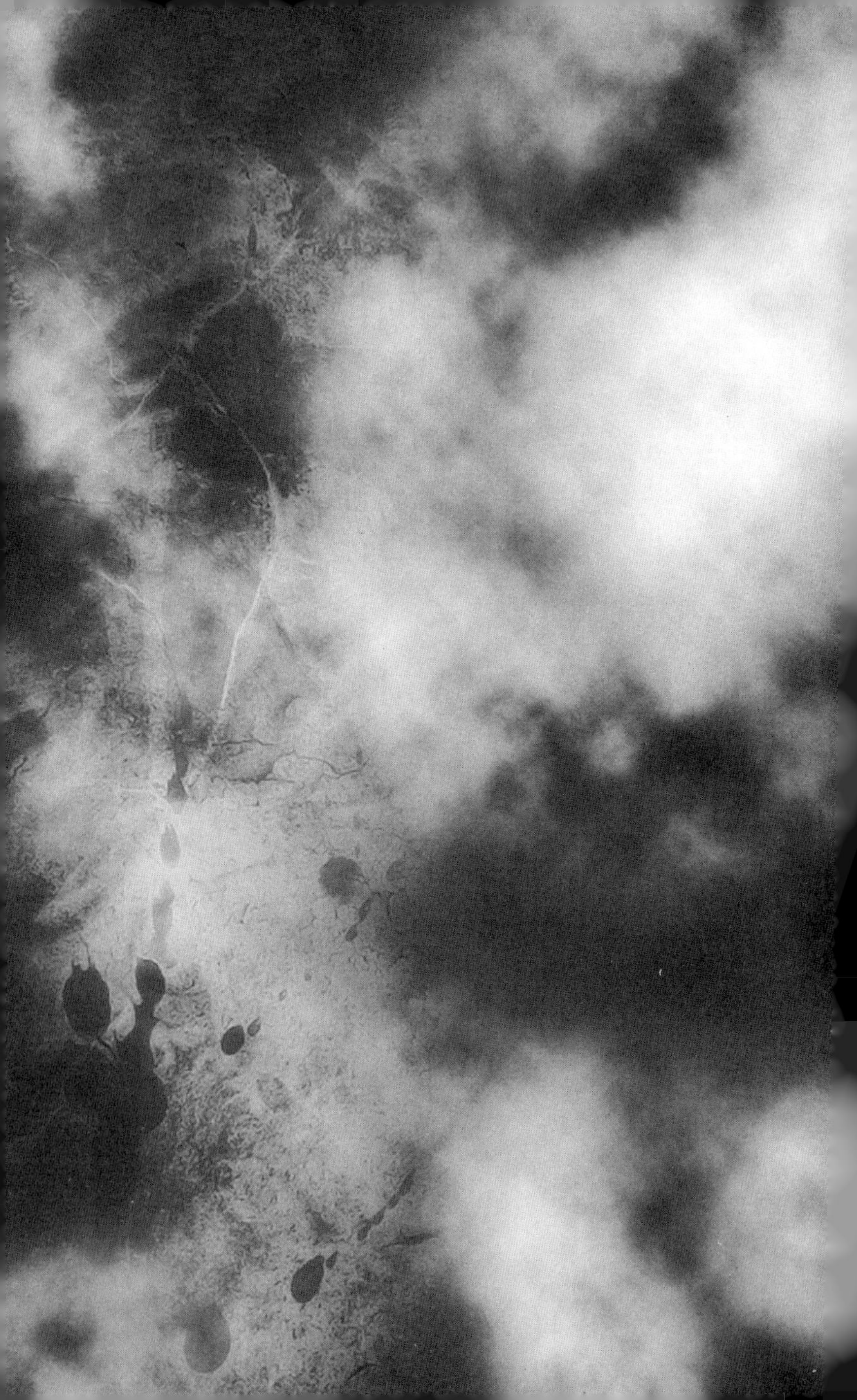

1

무림맹 절강 분타.

분타 앞에 위치한 너른 평지와 서호(西湖)가 동시에 눈에 들어오는 전각의 오층.

이른 아침이지만 명숙들이 모여 있었다.

팽씨세가의 가주와 개방주 황걸, 남궁세가의 검학자 장로와 소림의 무현 대사.

그들은 창을 통해 목도한, 서호를 칼로 가르는 천마검의 신위에 눈을 부릅뜨며 신음을 흘렸다. 팽가주가 먼저 입을 열었다.

"으음…… 놀랍군요. 빙봉이 초빙한 고수가 대단하다더

니, 빈말이 아니었습니다. 허어, 참, 저 정도 되는 인물이 어찌 지금껏 알려지지 않았을까?"

무현 대사와 황걸 개방주도 침을 꿀꺽 삼키고는 말문을 잃은 표정을 지었다. 하지만 그것도 잠시. 그들의 표정이 들뜨기 시작했다. 어쨌든 저런 초고수의 합류는 사기 진작뿐만 아니라 전력에 큰 보탬이 되기 때문이다.

무현 대사와 황걸은 며칠 전에야 합류했는데, 그 이유는 남궁세가와 비슷했다. 무림맹 총타의 제갈천 총군사와 십천백지를 더 이상 신뢰할 수 없었던 것이다.

또한 이들은 무림서생에게 호감을 보였고, 동시에 빙봉과의 인연도 한몫했다. 그녀와 함께 배교의 강시들을 물리친 기억은 매우 만족스러웠다.

만약 그녀의 통찰력이 없었다면 얼마나 많은 피해를 입고 나서야 배교의 강시들을 소탕할 수 있었을까.

그런 이유로 인해 그들은 정예 수하들을 데리고 절강 분타에 합류한 것이다.

검학자 장로가 입을 열었다.

"무림서생이 이곳 분타주로 발령받아 왔다가 인연을 맺은 사람이랍니다. 첫 만남에 죽이 잘 맞아서 의형제를 맺었다는군요. 일본벌을 공략할 때 무림서생을 도와주기도 했고요. 아! 황걸 방주님과 무현 대사님도 한 번 보셨잖습니까?"

황걸과 무현 대사가 고개를 갸웃거렸다. 자신들이 저 어마어마한 고수를 만난 적이 있다고?

검학자 장로가 담담한 어조로 말했다.

"작년 여름, 마교와 싸울 때…… 그때 무림서생이 우리 창천룡에게 전달할 것이 있다면서 보내온 전령 말입니다."

황걸이 나직히 '아!' 하는 탄성을 뱉었다.

"기억납니다. 산행할 때 귀가(貴家)의 남궁수 소가주 옆에 바투 붙어 있던 사람 말이지요? 방갓을 쓰고 있어서 얼굴은 못 봤는데……."

남궁수 소가주.

남궁수는 검성의 유지에 따라 남궁세가의 소가주 자리에 올랐다.

검성이 죽은 후, 남궁세가의 가주 자리는 아직 공석이었다. 가주 자리에 오르기에는 아직 나이가, 정확하게는 경륜이 부족하다는 일부 장로들의 의견을 받아들인 것이다. 그 일부 장로들은 현재 중상을 입은 대공자 남궁강에게 줄을 선 이들이었다.

검학자가 맞다며 고개를 끄덕이자, 무현 대사가 우묵한 눈으로 물었다.

"그때 갑자기 사라진 이유가 무엇 때문인지 혹시 아십니까? 저만한 실력을 가지고 있으면서……."

무현 대사는 말꼬리를 흐렸다.

작년 마교와의 전투 때 그가 힘을 보태주었다면 손실을 많이 줄였을 텐데 하는 아쉬움이 역력하게 묻어났다. 아니, 저만한 고수라면 전투의 승패가 달라졌을지도 모르는 일이다.

팽가주도 의문을 제기했다.

"저런 고수가 고작 무림서생의 전령 역할을 했다는 말씀이십니까? 저는 당최 이해가 가지 않는군요."

검학자는 눈을 껌뻑거렸다. 자신에게 물어봐야 답을 모른다. 아니, 듣고 보니 자신도 방금 제기한 무현 대사와 팽가주의 의문에 대한 답이 궁금했다.

잠깐의 침묵.

황걸도 질문에 가세했다.

"생각해 보니 또 이상한 점이 있군요. 방금 저 인물이 보여준 무위는…… 절대고수라 불리기에 부족함이 없습니다. 물론 우리가 본 십천백지의 천존들처럼 내공만 깊은 것인지도 모르겠으나."

"……."

"어쨌든 제 생각은 이렇습니다. 저 인물이 처음부터 무상을 상대하는 게 낫지 않겠습니까? 아니, 그러니까 제 말은…… 우리가 무상을 상대로 밀릴 거란 뜻은 아닙니다. 하지만 저 무명 대협이라는 자가 무상을 상대한다면,

저를 포함해서 여기 계신 분들의 전술적 활용도가 높아지지 않겠냐는 뜻입니다."

지금 이곳에 모인 네 명의 명숙은 전투 초반에 무상 손거문을 상대하기로 돼 있었기에 나온 의견이다.

물론 개방주의 말마따나 빙봉 모용린도 천마검이 처음부터 무상을 상대해 주길 바랐다. 하지만 그러한 제안은 천마검에 의해 묵살되었다.

이유는 문상 야월화가 가지고 있는 능력, 심안 때문이다. 심안은 위기를 감지할 뿐만 아니라, 무공의 특성에 대해 파악할 수 있는 일종의 초능력이다.

천마검은 야월화가 자신의 무공에 대한 원류를 파악하는 것을 저어했고, 그런 우려에 모용린도 동의할 수밖에 없었다.

결국 당문이 사육주의 허리를 끊고 동시에 표사로 위장한 아군이 야월화를 공격할 때, 즉 그녀가 손거문에 집중할 수 없는 환경이 조성되었을 때, 천마검이 나서기로 한 것이다.

그런 이유로 여기 있는 네 명의 명숙이 전투 초반에 무상을 전담하는 것으로 결정됐다.

황걸 개방주의 의문에 다시 정적이 찾아왔다. 그 침묵을 깬 건 팽가주였다.

"제 생각에는 빙봉이 우리를 배려해 준 것이 아닐까요?"

의아한 시선이 팽가주에게 쏠렸다. 그러자 팽가주가 양손으로 얼굴을 문지르며 마른세수를 하고는 말했다.

"그래도 우리는 명색이 정파의 명숙들 아닙니까. 뜬금없이 등장한 무명 대협보다 우리에게 먼저 기회를 주는 것이겠지요."

모두가 고개를 끄덕이며 동의를 표하는 가운데, 검학자 장로만 쓴웃음을 깨물었다.

"글쎄요, 그것이 과연 기회일지……. 자칫 망신만 당할 수도 있습니다."

검학자 장로는 전장에서 무상의 실력을 두 번이나 직접 목격한 장본인이었다.

한 번은 왜구의 총대장 겐죠와의 전투 때 아군으로, 그리고 얼마 전 가주가 죽은 전투에서는 적으로.

검학자 장로는 고개를 창으로 돌려 호수에서 걸어 나오는 무명 대협을 보며 말을 이었다.

"여기 계신 분들을 무시하는 것이 아닙니다. 무상 손거문, 그는 정말 강합니다. 가능한 정면충돌은 피하면서 상대해야 합니다."

무현 대사가 고소를 머금으며 말을 받았다.

"고인이 되신 검성 가주뿐만 아니라 십천백지의 천존들도 감당하지 못한 괴물인 것을 잘 알고 있습니다. 그렇기에 우리도…… 부끄럽지만 손을 합치려는 것 아닙니까?"

사실 정말 부끄러운 일이었다. 지금 이곳에 있는 네 명의 이름은 천하의 어느 누구도 무시 못 한다. 그런 넷이 한 명을 상대로 합격을 하는 것이니.

황걸 개방주가 말했다.

"어쩔 수 없는 일이지요. 이건 단순히 사문의 자존심을 걸고 다투는 것이 아니라, 무림의 패권을 차지하려는 대규모 전쟁입니다. 체면을 내세우다가 자칫 허망하게 당하면…… 우리를 믿고 있는 많은 제자와 수하들이 목숨을 잃을 테니까요."

모두가 고개를 끄덕였다.

연전연패하는 와중에 이미 자존심이나 체면 따위는 팽개친 지 오래였다. 승리할 수만 있다면 어떠한 부끄러움도 참아낼 수 있었다.

패한 뒤에 찾아오는 괴로움보다는 훨씬 나을 테니까.

네 명숙은 내실의 가운데 있는 원탁으로 돌아가 자리에 앉았다.

어느새 식어버린 차를 마시다가 무현 대사가 불쑥 말했다.

"그 아이…… 살아 있을까요?"

천류영을 말함이다. 아무도 쉽게 대답하지 못했다.

검학자 장로가 한차례 깊은 한숨을 뱉은 후에 답했다.

"살아 있으면 좋겠습니다."

“…….”

“여기 계신 분들도 이곳에 와서 느끼지 않으셨습니까? 한때 하늘도 버린 땅이라고 불리던 곳이었습니다. 그곳을 지금처럼 일군 녀석입니다.”

팽가주가 흐릿한 미소를 머금고 고개를 끄덕였다.

“귀가의 창천룡 소가주처럼 우리 하월도 그 녀석에게 푹 빠졌지요. 살아 있으면 좋겠군요.”

황걸이 맞장구쳤다.

“그래야지요. 엄중한 시국인 지금, 그 아이를 구하려고 귀한 전력이 빠져나갔습니다. 그 수고로움이 헛된다면…… 후폭풍이 만만치 않을 겁니다.”

개방주가 언급한 후폭풍.

만약 오늘의 전투에서 사육주에게 패한다면, 그 패배의 책임을 빙봉과 구출대가 뒤집어쓰게 될 거란 의미였다.

무현 대사가 손안의 염주를 굴리며 말했다.

“이겨야지요. 앞날이 창창한 후배들이 웅지를 펼 수 있게 도와주는 게 어른의 역할 아닙니까. 우리가 앞장 선 전투에서 패해 아이들의 앞길을 막을 수야 없지요.”

언젠가 독고무영이 천류영에게 말했듯, 진정한 어른의 역할이란 혼내고 가르치는 것이 아니다. 솔선수범해서 보여주고 고민을 들어주는 것이다. 그리고 아이와 청년들이 마음껏 재능을 펼칠 수 있도록 판을 깔아주는 것이다.

모두가 고개를 주억거리면서 기원했다.

천류영이 살아 있어 구출대가 헛수고하지 않기를, 그리고 오늘 전투에서 자신들이 승리하기를.

*　　　　*　　　　*

항주는 일출이 시작됐지만, 십만대산은 아직 짙은 어둠이 깔린 새벽이었다.

일월대의 봉우리 너머.

천류영을 구출하기 위해 나선 모든 이들이 잠에서 깨어나거나 운기행공을 끝내고 일어났다.

아직 강행군으로 인한 피로가 다 가시지 않은 얼굴들. 그러나 모두의 눈빛만큼은 형형했다.

마침내 천류영을 구하기 위해 움직일 시간이다. 그가 살아있기를 간절히 바라는 무리가 독고설을 보았다.

독고설은 이백여 명의 시선을 한 몸에 받으며 입을 열었다.

"이미 말씀드렸다시피, 저와 방 대협, 하월 팽 소협과 풍운, 그리고 저분들은 따로 움직입니다."

저분들이라고 가리킨 자들은 폭혈도와 귀혼창, 그리고 하유였다.

독수 당철현이 히죽 웃으며 대꾸했다.

"우리가 시선을 끄는 동안 반드시 천 공자를 구해내게."

원풍 백호단 부단주가 말을 받았다.

"그분은 반드시 살아 계실 겁니다."

독고설이 엷은 미소로 원풍을 향해 목례하고는 대꾸했다.

"고마워요."

독고포 검풍대주가 독고설에게 다가가 손으로 어깨를 가볍게 두드렸다.

"천 공자를 발견하면, 먼저 빠져나가라."

독고설의 눈이 휘둥그레졌다. 애초의 계획과 다르다.

우선 천류영을 확보한 후, 자신들 일곱 중 일부도 전투에 합류하기로 되어 있었다.

독고설은 당황한 눈으로 자신을 바라보는 이들을 보았다. 모두가 고개를 끄덕이고 있었다.

독고설을 제외한 모두가 이미 얘기를 끝냈다는 뜻이다.

그녀는 울컥했다.

상대는 십천백지다. 그것도 진짜배기 실력자들.

쉽지 않은, 아니, 아주 어려운 싸움이 될 것이다.

자칫 모두가 죽을 수도 있었다.

야차검 조전후가 낮게 웃고는 말했다.

"아가씨, 걱정 마오. 우리도 곧 따라갈 테니까."

방야철이 입을 열었다.
"천 공자의 안전만 확보되면 나는 이들과 합류할 거요."
그는 무애검을 불끈 쥐고 말을 이었다.
"복수를 해야 하니까."
무리와 약간 떨어져 있는 폭혈도가 옆의 귀혼창에게 속삭였다.
"나도 남아서 싸우고 싶은데."
귀혼창이 심드렁한 어조로 말을 받았다.
"우리의 일 차 목적은 무림서생 구출입니다. 그가 있어야 우리 대종사님이 큰 그림을 완성시킬 수 있으니까요."
"뭐, 그건 그렇지만……."
"기회는 금방 생길 겁니다."
그 말에 폭혈도가 고개를 갸웃거리다가 미간을 찌푸렸다.
"너, 그 말은……."
폭혈도는 말꼬리를 흐렸다. 지금 귀혼창은 정파인들이 결국 십천백지를 당해내지 못할 것이란 얘기였다.
즉, 십천백지가 정파인들을 궤멸시키고 추격해 올 때, 기회가 있을 거라는 뜻.
귀혼창은 담담하게 속삭였다.
"판단은 냉정해야 하니까요. 또한 최악의 경우를 미리

대비해서 나쁠 건 없습니다."

"……."

"저들이 십지나 많이 줄여주면 좋겠는데, 모르겠군요."

*　　　*　　　*

구출대가 산 너머에서 움직이기 시작한 시각.

백발의원은 천류영이 식은땀을 흘리며 알 수 없는 말을 중얼거리다가 깨어나는 것을 보고는 한숨을 쉬었다.

"깨어났군."

천류영은 아직 흐릿한 시야 안에 들어온 의원을 보다가 한숨을 삼켰다. 그 표정을 보고 의원이 물었다.

"또 악몽이라도 꿨나?"

천류영은 쓴웃음을 깨물었다.

악몽이었을까?

어머니와 여동생이 절에서 치성을 드리는 광경을 자신이 뒤에서 우두커니 바라보고 있는 꿈이었다.

목이 멘 천류영은 꿈속에서 소리를 질렀다.

자신은 아직 살아 있다고.

고개를 돌려 자신을 보라고.

그러나 아무리 용을 써도 말이 입 밖으로 나오지 않았다. 몸을 움직이려 해도 벗어날 수 없는 거미줄에 묶인 것처럼 꼼짝도 할 수 없었다.

악몽이 아니라 슬픈 꿈이었다.

어쩌면 방금 꿈꾼 것처럼 어머니와 여동생은 절에서 자신의 무사 생환을 위해 치성을 드리고 있을지도 모른다. 아니, 이미 포기하고 시신 없는 장례를 치렀을지도.

의원은 천류영의 몸에 꽂아둔 침을 모조리 빼낸 후에 일어났다.

“일존님을 모셔오겠네. 자네가 깨어나기를 학수고대하고 계시네.”

의원이 내실 밖으로 나가며 하는 말에 천류영의 눈이 빛났다.

기억났다.

혹시나 기대하던 일존이 정말 자신을 찾아온 것이다.

일존이 패왕의 별을 꿈꾼다면, 취존에게 그 자리를 빼앗길 생각이 없다면, 분명 자신을 찾아올 거라 예상했다. 그리고 드디어 읍참마속이란 계책을 꺼낸 것이 결실을 맺은 것이다.

천류영은 운이 좋았다고 생각하며 머릿속을 정리했다. 지독한 통증으로 생각하는 것조차 쉽지 않았다.

어쨌든 진짜 운이 좋았다.

취존의 두뇌가 떨어지는 편이거나, 일존이 취존의 심기를 거스르고 싶어 하지 않았다면 이곳을 방문하는 일은 없었을 테니까.

드르륵.

문이 열렸다.

천류영은 속으로 '벌써?' 라고 생각하며 시선을 문가로 향했다가 눈살을 찌푸렸다.

연 집사.

코가 부러졌는지 붕대를 얼굴에 감고 있는 그는 기이한 눈빛으로 천류영에게 다가왔다.

살기 어린 눈빛.

천류영은 연 집사를 주시하며 입을 열었다.

"곧 일존이 올 거요."

연 집사의 입가에 잔인한 미소가 스쳤다. 그의 전신에서 흘러나오는 살기가 짙어졌다.

"알지. 하지만 시간이 좀 걸릴 거야. 뭐, 많이 지체되지는 않겠지만."

"……?"

"그분께서 워낙 여색을 밝히시니 말이지."

"……."

"자, 그럼 네놈이 감히 취존님을 모함한 대가를 치러볼까?"

연 집사는 침상 옆에 앉고는 들고 온 사발을 협탁에 내려놓았다.

천류영은 사발에 담긴 검은 물을 보며 침음을 흘렸다. 역한 냄새가 풍겼다. 아무리 봐도 저건 독이다.

천류영이 물었다.

"날 죽일 생각이오?"

연 집사가 소리 없이 대소했다. 목까지 젖히며 웃던 그가 차가운 눈으로 천류영을 보았다.

"살길 바라나?"

"날 죽이면 일존이 당신을 가만둘까?"

반문하는 천류영의 얼굴에 암담한 그늘이 스며들었다. 연 집사의 눈빛과 표정을 보아하니 이미 결심을 굳힌 것이다.

천류영은 살짝 고개를 흔든 후에 정색하고 물었다.

"뭘 원하오?"

정말 죽이려면 독을 쓰지 않고 바로 손을 썼을 것이다. 그럼에도 불구하고 독을 보인 이유는 간단하다.

연 집사는 해독약을 가지고 있다는 뜻이다.

즉, 연 집사가 원하는 대로 해주면 나중에 해독약을 주겠다는 것.

연 집사는 비릿하게 웃고는 사발을 들었다.

"역시 네놈은 눈치가 빠르군."

그는 사발을 들지 않은 손으로 천류영의 양 뺨을 강하게 움켜쥐었다. 천류영은 입을 벌리지 않으려고 하다가 이내 체념했다.

도저히 힘을 쓸 수가 없었다.

결국 그의 입이 열렸고, 연 집사는 검은 물을 천류영의 입에 퍼부었다.

꿀꺽, 꿀꺽.

천류영의 목젖이 꿀렁거렸다.

연 집사는 광기에 찬 표정으로 말했다.

"명심해라. 이 독은 한 시진 뒤까지 해독약을 먹지 않으면 죽는다. 죽고 싶지 않다면 일존께 말을 잘 골라서 해야 할 거야. 아! 그리고 혹시 네놈이 잔꾀를 부릴까 봐 말해두는데, 해독제는 내가 가지고 있지 않다. 내 처소에도 없고. 그러니 지금의 일을 일존께 말해서 해독약을 찾아낼 생각은 꿈에도 하지 않는 게 좋을 거야."

정체 모를 독을 다 먹인 연 집사는 잠시 호흡을 고르다가 손수건을 꺼냈다. 그리고는 그 손수건으로 천류영의 입 주변을 닦으며 말을 이었다.

"천류영, 이제 네 목숨은 내 손안에 있는 거다. 결코 그걸 잊지 마라."

"……."

"네놈이 어제처럼 또다시 취존님을 모함하거나 섣부른 잔꾀를 부리면 다시는 살아서 태양을 보지 못할 것임을 명심…… 컥!"

그 순간, 연 집사의 입에서 고통 어린 단말마가 튀어나왔다. 그러다 몸을 부르르 떨더니 무너져 내렸다.

천류영은 아연한 얼굴을 한 채 연 집사가 무너진 뒤로 보이는 문가에 서 있는 일존을 보았다.

일존이 씩 웃었다.

"무림서생, 고맙나?"

천류영은 고통을 무릅쓰고 상체를 일으켰다. 그러고는 침상 옆에 쓰러진 연 집사를 보았다. 그의 뒤통수에 구멍이 나 있었다.

즉사.

일존은 웃으며 내실 안으로 들어왔다.

"이놈이 잔꾀를 부릴지도 모른다는 생각에 빨리 오길 잘했군. 감히 내 손에 들어온 녀석을 죽이려 하다니."

천류영은 한차례 몸을 부르르 떨고는 윽박질렀다.

"지금 뭐한 겁니까?"

일존이 고개를 갸웃거리다가 얼굴을 찌푸렸다.

"뭐하긴? 널 죽이려는 연 집사를 처형한 거지. 이놈이 널…… 응?"

일존은 연 집사의 몸을 발로 치우다가 곤혹스러운 표정을 지었다. 연 집사의 손에 들린 손수건.

일존이 혀를 차며 중얼거렸다.

"비수가 아니었나? 오해했군. 자세가 딱 칼로 찌르려는 것 같았는데. 나도 급해서 어쩔 수가…….”

“이자는 방금 나에게 독을 먹였단 말이오! 해독제를 어디다 뒀는지 모르면 나는 한 시진 뒤에 죽게 된단 …….”

일존이 당황스러운 듯 눈을 치켜떴다가 빙그레 웃으며 말을 끊었다.

“그래? 아직 한 시진이나 남았군. 내 질문에 답하기엔 충분한 시간이지.”

2

천류영은 이를 바드득 갈고 일존을 쏘아보며 외쳤다.

“해독제를 찾으시오. 그러기 전엔 무엇을 물어도 답하지 않을 거요!”

천류영의 일갈에 일존이 너털웃음을 터트렸다.

“하하하, 그렇게 오래 고문을 버텼다고 해서 목숨에는 연연하지 않는 대장부인 줄 알았는데……. 뭐, 좋아. 네가 먹은 독이 뭐지?”

일존은 협탁에 놓여 있는 빈 사발을 들며 물었다.

“모르오. 말해주지 않았소.”

“그래? 뭐, 그거야 알아내면 그만이고.”

일존은 방금 문가에 당도한 백발의원을 손짓으로 불렀다. 의원이 어깨를 움츠리며 다가오자 말했다.

"독의 정체를 알아내라."

"예."

의원은 사발을 받다가 미간을 찌푸렸다. 역한 냄새가 코를 찔렀기 때문이다.

일존은 아무도 없는 문가를 향해 명을 내렸다.

"연 집사의 거처를 뒤져 해독약으로 보이는 것이 있으면 가져오도록."

"존명."

분명 아무도 없는데 문가에서 목소리가 튀어나왔다.

일천의 십지였다.

천류영은 연 집사가 해독약을 거처에 두지 않았다고 말한 것을 떠올렸다. 하지만 알 수 없는 일이다. 말로만 그렇게 주장했을지도.

일존은 다시 천류영을 바라보며 입을 열었다.

"됐지?"

"……."

"그럼 대화를 시작해 볼까? 네 녀석이 오래 정신을 차리지 못하는 통에 너무 많은 시간을 허비했거든. 그러니 빨리 시작하자고."

천류영은 입술을 꾹 깨물었다가 천천히 고개를 끄덕였다. 그때, 백발의원이 불쑥 입을 열었다.

"저…… 일존님."

천류영과 일존의 눈이 그를 향했다. 일존이 물었다.

"호오, 벌써 알아냈나? 흔한 독인가 보군."

의원은 묘한 표정을 짓고는 한숨을 뱉었다.

"후우우, 확실하진 않지만, 아무래도 삼취미분독(三臭微分毒) 같습니다."

천류영과 일존이 동시에 의아한 표정이 되었다. 일존이 재우쳐 물었다.

"삼취미분독? 처음 들어보는군."

의원이 입술을 깨물었다가 답했다.

"제가 만든 독입니다."

"아하, 그래서 그렇게 빨리 파악했군. 그럼 해독약을……."

일존이 말을 마치기도 전에 의원이 고개를 저었다.

"아직 해독약은 만들지 못했습니다."

"……."

"칠 년 전, 취존께서 먹어도 일정 시간 동안 멀쩡하다가 죽게 되는 독을 만들어보라고 명을 내리셨습니다. 내공으로도 제어할 수 없게, 먹는 즉시 전신에 스며드는 독을 말이지요. 오 년에 걸쳐 만들긴 했는데, 아직 해독약은 만들지 못했습니다. 취존께서도 굳이 해독약은 필요 없다고 하셔서…… 죄송합니다."

순간, 일존의 눈에 기광이 스쳤다.

내공으로 제어할 수 없는 독이라고 의원이 언급한 부분에서 혹시 취존이 자신을 노리고 만든 건 아닐까 하는 생각이 떠오른 것이다.

반면, 천류영은 탄식했다.

"연 집사는…… 나를 살려둘 생각이 없었구나."

그의 탄식을 들은 의원은 고개를 떨어트렸다. 그러자 일존은 혀를 차며 자리에서 일어났다.

"일이 꼬이는군."

천류영은 곧 죽을 것이다. 그러니 자신에게 순순히 협조할 리가 없다.

천류영은 멍한 표정으로 허공을 보았다. 가족과 독고설을 비롯해 무수히 많은 동료의 얼굴들이 환영처럼 떠올랐다. 그들을 떠올린 천류영은 주먹을 움켜쥐었다.

남아 있는 시간이 얼마 없다. 그렇다면 동료들을 위해서 그 시간을 써야 한다.

천류영은 최대한 담담한 표정을 만들기 위해 애를 쓰고는 일존을 향해 말했다.

"우선 사존과 오존에게 전서구를 띄우십시오. 취존이 당신들의 목숨을 노리고 있다고. 전서구를 읽는 즉시 빠져나오라고. 그럼 그들은 일존의 사람이 될 것입니다."

일존이 천류영을 향해 고개를 홱 돌리고는 반색했다.

"곧 죽을 텐데…… 나를 돕겠다는 것이냐?"

천류영은 곧바로 대꾸했다.

"대신 두 가지 요구를 들어주십시오."

일존은 순수하게 감탄했다.

사람은 누구나 죽는다. 그러나 어떤 사람도 자신의 죽음 앞에서 저렇게 담담하긴 어렵다.

"제법이구나. 좋다, 말하라."

"첫째, 취존을 죽여주십시오."

"하하하, 복수. 그렇지. 사내라면 의당 그래야지. 너만 이리 허망하게 간다면 억울하기도 하겠지."

"일존께서는 취존의 무력을 아까워하고 계실 겁니다. 패왕의 별을 가르는 전쟁에서 취존을 이용하고 싶으신 거지요."

일존은 침상 곁에 있는 의자에 앉고는 고개를 끄덕였다.

"그래, 맞다. 나나 취존이나 서로 그렇게 이용하고 있는 셈이지. 하나 산에 호랑이가 둘일 수 없듯이 패왕의 별도 결국 한 명. 모든 전쟁이 끝난 후에는 서로 자웅을 겨뤄야겠지."

천류영이 고개를 저었다.

"어리석은 생각입니다."

일존은 오른 다리를 왼 다리 위로 얹으며 중얼거렸다.

"어리석다라……."

"모든 것에는 때라는 것이 있습니다. 그 시기를 놓치면 모든 것을 잃을 수밖에 없지요."

"……."

"적을 치기 가장 좋은 때는 바로 그 적이 방심할 때입니다. 훗날 전쟁이 다 끝난 후에 취존을 치려하면 그가 과연 방심하겠습니까? 일존께서는 승리할 확률이 절반이라면 만족하실 수 있습니까?"

"흐음, 네 말에 일리가 있다. 하지만 네가 처음에 말했듯이 놈의 무력은 꽤 써먹을 만하지. 그걸 전쟁이 한창인 지금 버리기엔……."

천류영이 말을 끊었다.

"장부는 독해야 한다고 했습니다. 그렇게 무른 생각은 결국 화를 자초하게 될 겁니다. 우유부단함을 떨치고 냉정하게, 그리고 단순하게 생각하십시오. 일존께 가장 위협적인 상대는 누굽니까?"

일존은 자신도 모르게 '취존'이라고 말을 내뱉었다가 눈을 빛내며 물었다.

"네 말은 내 귀를 솔깃하게 만드는구나. 하지만 너는…… 나를 꼬드겨 취존과의 사이를 분열시키려는 속셈이지?"

"저는 곧 죽습니다. 그렇게 해서 저에게 떨어지는 것이 뭐겠습니까?"

"글쎄, 나는 아무리 네가 죽음을 코앞에 뒀다고는 하지만 그렇게 순수하다는 생각은 들지 않는다. 애초에 먹물들은 믿을 만한 존재가 아니거든. 나와 취존을 분열시키면 아무래도 남아 있는 네 사람들이 유리해질 테니까 잔꾀를 쓰는지도 모르지. 물론 그래봐야……."

천류영이 또 말을 끊었다.

"두 가지 요구사항이 있다고 했습니다. 남은 하나를 말씀드리지요."

"……."

"사천과 절강에 있는 사람들을 일존께서 품어주십시오."

"……!"

일존은 생각지도 못한 제안에 기함했다. 너무 놀라 자신의 귀까지 의심했다.

천류영이 다시 말했다.

"지필묵을 준비해 주십시오. 제가 동료들에게 서찰로 남기고 지장을 찍겠습니다. 제 필체를 알고 있는 동료들에게 그 서찰을 보여주시면 그들은 능히 일존에게 적지 않은 힘을 보탤 것입니다."

일존은 너무 기뻐 양 볼을 부르르 떨었다.

사천과 절강의 정파인들은 애물단지였다. 정파인이면서 이번 전쟁에서 한발 벗어나 있는 세력. 그들을 힘으로 굴복시키자니 같은 정파로서 보기 좋은 모습은 아니었다. 그렇다고 적당히 달래자니 쉽지 않을 것이 빤했다.

그런데 호박이 넝쿨째 굴러 들어온다더니, 이게 웬 횡재란 말인가.

"지, 진심으로 하는 말이냐?"

그렇게 물으면서도 대기하고 있는 의원에게 당장 지필묵을 대령하라고 지시했다.

천류영은 속으로 웃었다. 이미 자신이 잘못될 경우를 대비해 독고설에게 말해둔 것이 있었다. 협조하는 척하면서 상대를 이용하라고.

천류영이 말했다.

"곧 죽을 목숨인데 든든한 힘을 가진 사람에게 제 동료를 의탁하고 싶은 마음이 드는 건 인지상정 아니겠습니까?"

"그, 그렇지!"

"그리고 그분은 일존님이십니다. 저는 죽어도 막무가내로 고문을 일삼고 결국 저에게 수하를 시켜 독을 먹이는……."

천류영은 죽음이 다가온다는 사실에 울컥했는지 말을 잇지 못하고 잠시 입술을 깨물었다. 그런 천류영을 일존이 위로했다.

"안타깝군. 자네와 좀 더 일찍 만났다면 좋았을 텐데.

아니, 연 집사 놈을 어제 죽였어야 했는데. 내 실책이야. 미안하네."

옆의 내실로 갔던 의원이 돌아와 지필묵을 내놓았다. 그러고는 눈치 빠르게 알아서 먹을 갈았다.

일존은 그 모습을 잠깐 보다가 천류영에게 말했다.

"더 하고 싶은 말은 없나?"

"취존, 그가 당신이 이곳으로 온 것을 알까요?"

천류영의 물음에 일존은 팔짱을 끼고 생각에 골몰하다가 대꾸했다.

"그럴 수 있지."

"그렇다면 그는 저를 납치한 배후로 당신을 지목할 겁니다."

일존의 눈동자가 흔들리는 가운데 천류영이 말을 이었다.

"하지만 제가 유언에 그 사실에 대해서도 언급하면 문제없겠지요. 아니, 취존은 더욱 궁지에 몰릴 겁니다. 일존께서는 그런 취존을 반드시 제거해야 합니다. 진짜 읍참마속은 바로 이것입니다."

일존이 팔짱을 풀고 웃음을 터트렸다.

"하하하, 내가 이곳까지 걸음을 한 것이 하늘이 준 홍복이었도다."

그가 기뻐하다가 내실의 탁자로 이동했다. 그는 급히

사존과 오존에게 보낼 서찰을 쓰고는 입을 열었다.

"일지."

말이 떨어지기 무섭게 일지가 내실 안으로 들어왔다. 십지 중 그는 연 집사의 거처로 이동하지 않고 대기하고 있었던 것이다.

일존은 서찰을 돌돌 말고는 일지에게 건네며 말했다.

"당장 전서구를 띄워라."

"존명."

일지가 내실에서 사라지자 일존은 천류영을 보며 말했다.

"이젠 자네가 유서를 쓸 차례군."

일존은 탁자를 양손으로 들고는 발로 가볍게 탁자 다리를 쳐서 분리시켰다. 그러고는 다리 잃은 탁자를 천류영 앞에 놓았다.

"쓰게."

천류영은 고개를 끄덕이며 붓을 잡았다.

붓으로 벼루의 먹물을 찍는데 자신도 모르게 눈물이 후두둑 떨어졌다.

일존은 눈물에 젖은 화선지를 회수하고 새 종이를 펼쳐 놓으며 말했다.

"이해는 하지만, 마지막 마무리는 잘해줬으면 좋겠네."

천류영은 심호흡으로 마음을 가다듬고 글을 써 내려가

기 시작했다. 그것을 흡족한 표정으로 지켜보던 일존이 감탄했다.

"명필이군, 명필이야. 하아아…… 몸도 성치 않고, 손톱도 거의 없는데 이 정도라니."

그때였다.

허공을 두드리는 거대한 고함이 들린 것은.

"이놈들아!"

바로 이어지는 함성.

"와아아아아!"

그리고 비상을 알리는 타종 소리.

천류영과 일존 그리고 백발의원의 눈이 화등잔만 하게 커졌다.

굳이 나가서 살피지 않아도 알 수 있었다.

어떤 세력이 십만대산의 깊은 곳까지 숨어 들어와 기습하고 있다는 것을.

일존이 황당한 얼굴로 고개를 갸웃거렸다.

"뭐지? 취존, 이놈이 누구에게 원한을 샀나?"

말은 그렇게 했지만, 이해가 되지 않았다. 취존은 뒤처리가 비교적 깔끔한 편이었다. 원한을 살 일을 했다면 복수하지 못하도록 확실하게 마무리를 짓는다. 물론 그건 자신도 마찬가지.

그러다가 '아!' 하는 나직한 탄성을 흘리고 천류영을

직시했다.

"설마 너를 구하러 온 것인가?"

붓을 쥐고 있던 천류영의 손이 거칠게 떨렸다.

그들이…… 동료들이 자신을 기어코 찾아낸 것이다.

막연히 바랐지만, 실제로 그들이 이곳까지 올 것이라는 희망은 이미 예전에 버렸다. 그런데 그들이 정말 왔다고 생각하니 감정이 북받쳤다.

'살 수 있다면 좋았을 텐데, 살 수 있다면…….'

그의 눈에서 다시 눈물이 떨어지려는 찰나, 일존이 화선지를 빼 들었다.

"안 되지, 또 젖어버리면."

함성과 병장기 부딪치는 소리가 더 가깝게 들려왔다.

아까 전서구를 보내러 간 일지가 문가에 모습을 드러냈다.

"정파인들입니다."

그는 천류영을 흘깃 보고 말을 이었다.

"당문의 독수가 선두에서 이끌고 있는데, 이백여 명 정도입니다. 돕습니까?"

일존은 그러라고 하려다가 고개를 저었다.

"잠깐 대기하도록."

"존명."

일존은 천류영을 보며 말했다.

"서찰을 마무리해야지. 그럼 지금 널 구하기 위해 쳐들어온 네 동료들은 살려주마. 하하하, 어차피 내 수하가 될 테니까."

천류영은 이를 악물고 생각했다.

지금 자신이 할 수 있는 최선은 뭔가.

그는 손을 내밀며 말했다.

"십지를 동원해 정파인들을 도와주십시오."

"응?"

"당신의 수하가 될 사람들입니다."

"……."

"당신은…… 지금 기습해 온 저들처럼, 마찬가지로 저를 구하러 온 것이 아닙니까?"

일존이 '아!' 하는 낮은 탄성을 흘리고 웃었다.

"하하하, 그렇지. 네 말대로 아주 보기 좋은 그림이 되겠구나."

일존이 고개를 돌려 일지에게 명을 내렸다.

"독수를 도와 취존의 새끼들을 다 정리하도록."

일지의 눈동자가 찰나 흔들렸다. 그러나 누구의 명인가.

"존명!"

일지가 사라지고 일존이 다시 화선지를 천류영 앞에 놓으려다가 화들짝 놀라며 회수했다.

"쿨럭."

기침을 하는 천류영의 입에서 검붉은 피가 쏟아져 내렸다.

일존은 가슴을 쓸어내리며 말했다.

"젠장, 지금까지 쓴 것을 다시 쓸 뻔했잖아. 조심하지 못하겠느냐?"

천류영은 전신으로 퍼져 나가는 고통에 부르르 몸을 떨었다. 일존이 그런 천류영의 머리채를 휘어잡고 일갈했다.

"아직이다! 이 서찰을 마무리하기 전까지 넌 죽을 수 없다!"

천류영은 울음을 삼켰다.

'이제 정말 죽는구나' 라는 생각이 머릿속을 지배했다.

써야 한다.

일존을 위해서가 아니라 동료들을 위해서.

자신을 구하기 위한 구출대는 인원이 결코 많지 않을 것이다. 현 강호무림의 정세를 고려할 때, 분명 그럴 것이다. 그렇다면 이 괴물 같은 일존과 십지의 손에 얼마나 많은 희생자가 나올지 모른다.

천류영은 떨리는 손을 진정시키려 애쓰며, 핏물이 올라오는 것을 참으며 말했다.

"쓰겠소."

일존은 급히 제 소매로 천류영이 탁자에 흘린 핏물을

닦아내고는 화선지를 내놓으며 차갑게 말했다.

"명심해라. 이걸 완성하지 못하면 나는 네 동료들을 다 죽일 것이다. 그리고 이곳을 기습한 네 동료들에 덤터기를 씌워서 취존에게 알리면 어떻게 될까?"

천류영은 한 손으로 입을 막고 다른 손으로 글을 써 내려갔다. 그 와중에도 일존의 위협은 계속됐다.

"그리되면 취존은 네 동료들을 하나하나 찾아가 다 찢어 죽일 거야. 그걸 막을 수 있는 건 천하에 나뿐이지. 그러니 어서…… 응?"

일존이 이맛살을 찌푸리며 고개를 돌렸다. 그는 짜증스러운 기색으로 중얼거리면서 문을 바라보았다.

"도둑고양이들이 또 있었군."

그의 말이 끝나기 무섭게 복도에서 인기척이 났다. 그리고 이내 문가에 사람이 등장했다.

천류영과 일존의 눈이 동시에 커졌다.

천류영은 이를 악물었다.

죽기 전에 딱 한 번만이라도 보고 싶던 그녀가 그곳에 있었다.

그리고 일존이 놀란 까닭은 태어나 처음 보는 미녀가 눈앞에 등장했기 때문이다.

검봉 독고설은 문가에서 천류영을 보자마자 자신도 모르게 휘청거렸다.

완전히 망가진 얼굴.

입 주변과 턱, 그리고 목과 이불 위로 드러난 상체 일부가 피로 검붉었다.

천류영이 말했다.

"서, 설아……."

독고설이 달려오며 검을 휘둘렀다.

쇄애애액.

일존은 처음 보는 미녀를 보며 놀랐다가 이내 반색하며 웃었다.

"하하하, 이런 미녀가……."

그는 말을 잇지 못하고 몸을 옆으로 피했다.

독고설의 검이 위협적이어서?

아니다. 나란히 열려 있는 두 개의 창을 통해 들어오는 검기들 때문이었다.

콰아아앙!

검기가 일존을 놓치고 벽을 때렸다. 그리고 두 창을 통해 사내들이 모습을 드러냈다.

낭왕 방야철과 풍운검 풍운.

그리고 문가에서 또 다른 이들이 등장했다.

폭혈도와 귀혼창.

몸을 피한 일존은 등장한 이들을 보고 히죽 웃었다.

"하하하, 이거 재미있군. 다된 밥인데 조금만 기다렸다면 좋았을 텐데. 쩝, 이놈들은 어쩔 수 없이 다 죽여야 하나? 아니지, 계집은 살려둬야지."

전혀 주눅 들지 않은 표정.

아니, 여유가 넘쳤다.

한편, 침상 앞에 선 독고설은 천류영을 마주 보며 부르르 떨었다.

천류영의 몰골을 흘낏 본 낭왕과 풍운, 그리고 폭혈도와 귀혼창의 얼굴이 딱딱하게 굳었다.

천류영이 등장한 사람들을 보며 미소 짓고는 말했다.

"고맙습니다."

그러고는 젖은 눈의 독고설을 올려다보며 말을 이었다.

"울지 마. 나는 괜찮……지가 않구나."

독고설은 천류영의 눈에 어린 빛이 희미해지는 것을 보며 고개를 저었다.

"안 돼요……. 이건 아니잖아요. 이러면 안 되는 거라고요."

"보고 싶었어."

천류영의 입에서 검붉은 핏물이 폭포수처럼 터져 나오며 어깨가 축 늘어졌다. 그렇게 그의 눈이 감기며 세상이 어둠에 잠겼다.

3

"이놈들아!"

독수 당철현은 냅다 고함을 지르며 선두에서 달렸다.

그 뒤를 독고포가 이끄는 검풍대와 원풍 부단주의 백호단, 그리고 서언의 주작단이 따르며 함성을 질렀다.

최대한 이목을 끌어야 하니까.

안에 있는 이들이 모조리 쏟아져 나오게 만들어야 하니까.

뎅뎅뎅뎅뎅뎅—

정문에서 번을 서던 이들이 비상을 알리는 종을 쳐 댔다.

선두에서 달리는 독수의 눈에 이채가 스쳤다.

십만대산의 심처(深處)다.

이런 곳을 컴컴한 새벽에 기습하면 으레 놀라고 당황하는 것이 정상이다.

그런데 번을 서고 있던 이들의 표정에는 일체의 흔들림조차 보이지 않았다.

'뭐, 쉽지 않은 싸움일 거라 예상은 했지만, 애 좀 먹겠군.'

검풍대, 백호단, 주작단.

모두 정예들이다.

하지만 십천백지의 차기 십지를 꿈꾸며 수련하는 예비

십지 후보생들의 수준도 결코 아래가 아니었다.

특히나 일천과 이천은 다른 하늘과 다르게 천존들뿐만 아니라 십지들도 진짜배기들이다.

당연히 후보생들의 수준도 높았다.

절정에 근접한 이들도 적지 않았다.

독수는 초반의 기선 제압이 가장 중요하다고 생각하며 달리는 발에 힘을 주었다. 정문 근처에서 얼쩡거리고 있는 경계병들은 곧 안으로 후퇴할 테니, 단숨에 진격해 들어가서 정신을 차리지 못하게…….

"응?"

순간, 독수의 입에서 당황하는 신음이 흘러나왔다.

일단 후퇴할 거라는 생각을 가소롭다는 듯이 깨고는 오히려 마주 달려왔다.

불과 네 명의 경계병.

그들이 무려 이백여 명이 함성을 지르며 달려오는데, 겁도 없이 마주 뛰어오는 것이었다.

독수가 이를 갈았다.

"같잖은 애송이들이 감히 나를 뭐로 보고!"

노염이 치솟았다.

당문세가는 천하의 어느 문파라도 경계하고 두려워하는 곳이다. 그리고 자신은 그곳의 최고 어른이자 최고수.

뒤에서 서언과 함께 나란히 뛰던 조전후가 성난 어조로

빽! 외쳤다.

"어르신, 본때를 보여주십시오!"

하지만 그 고함을 외치기 무섭게 고꾸라졌다.

"아악, 발이 꼬였어!"

뒤따라오던 주작단원들이 황당해하며 얼른 피해 달렸다. 서언은 고개를 돌려 조전후를 흘낏 보고는 외쳤다.

"어서 오시오!"

"잠깐만. 발목을 삔 거 같아. 먼저 가라고."

겨우 일어나서 절뚝거리는 조전후였다.

한편, 독수는 양손을 앞으로 펼치며 뻗었다.

파아아아아!

검어진 그의 장심에서 검은 기류가 뿜어져 나갔다.

흑무독장(黑霧毒掌).

네 십지 후보생의 눈이 빛났다.

검은 안개 같은 장력.

그들의 뇌리로 똑같은 생각이 스쳤다.

많은 내공이 담겨 있지 않은 장력이다. 그것도 넓게 퍼지면서 위력이 약화된 것이다. 그렇다면 무시하고 돌파해 상대의 숨통을 끊는다.

퍼퍼퍼펑!

네 명이 근육질 팔뚝으로 얼굴을 가리며 돌파했다. 그러고는 방금 장력을 뿜어낸 늙은이를 향해 창과 칼을 쑤

셔 넣으려고 했다.

"……!"

그러나 흔들리는 여덟 개의 눈동자!

푸슈슈슈슈.

그들의 팔뚝이 뜨거워졌다. 그러더니 옷의 여기저기에 연기가 치솟으며 구멍이 뚫렸다.

"으으으……."

한 명이 신음을 흘렸다. 창칼로 다가오는 늙은이를 찢어버리고 싶은데, 몸이 마치 마비라도 된 듯 움직이지 않았다.

"끄아아아아!"

결국 한 명이 비명을 지르며 털썩 주저앉았다. 그리고 다른 셋도 마찬가지로 허물어졌다.

옷이 녹는다. 그리고 살갗도 녹았다.

특히나 흑무독장을 정면으로 맞은 팔뚝은 어느새 허연 뼈가 모습을 드러냈다.

마치 전신이 불타 버리는 것 같았다.

독수는 그들 사이를 걸으며 힐난했다.

"감히 독인의 흑무독장을 정면으로 받을 생각을 하다니."

죽어가는 네 후보생의 눈동자가 흔들렸다.

독인(毒人)!

그렇다면 이 노인의 정체는 삼백오십 년 만에 독인지경을 완성한 당문의 독수란 말인가.

신중하지 못했다는 때늦은 자책이 뒤를 이었다.

뒤따르는 정파인의 함성이 커졌다. 그 함성을 들으며 독수가 빙그레 미소 지었다.

흑무독장은 공력을 많이 잡아먹는다. 하지만 지금은 그럴 가치가 있었다. 기선 제압을 통해 사기를 진작시킬 필요가 있는 때이기에.

가장 뒤처져 있던 조전후가 '와우!' 라고 소리치고는 언제 발목을 접질렸냐는 듯 다시 무섭게 뛰었다.

반면, 어느새 정문의 담벼락 주변으로 오른 몇몇의 적 중 한 명이 뒤를 돌아보며 외쳤다.

"선두의 노인이 괴이한 독공을 쓴다! 정면으로 받아내지 말고 가능한 회피하라!"

독수는 소리치는 그를 향해 달렸다.

'저놈이 지휘자군.'

그가 경공으로 빠르게 덮치려다가 흠칫하고 멈췄다.

타타타타타타탁.

정문의 좌우로 길게 늘어선 담벼락 위로 빼곡하게 자리 잡는 이들.

서언이 손을 들어 주작단 수하들을 정지시켰다. 백호단과 검풍대도 마찬가지.

서언이 말했다.

"빠르군."

그의 말마따나 정말 빨랐다.

마치 잠을 자고 있지 않았던 것처럼.

어쩌면 이들의 하루 일과는 생각보다 훨씬 일찍 시작되는지도 모른다. 그런 이유로 근처에서 수련 준비를 하고 있었을지도.

'기습 시간을 조금 더 앞당겼으면 좋았을 텐데' 라는 아쉬움이 들었다. 하지만 자신들은 그야말로 최소한의 휴식을 취한 것이다.

어쩔 수 없는 일.

독수가 외쳤다.

"가자!"

다시 함성이 일며 정파인들이 달렸다. 그와 동시에 이천의 십지 후보생들도 담벼락을 박차고 몸을 날렸다.

쩌어어어어엉!

사방에서 칼과 칼이 부딪치며 시퍼런 불똥을 튕겼다.

"공격하라!"

"진격하라!"

구출대는 고함을 질러 댔다. 반면, 십지 후보생들은 입한 번 벙긋 안 하고 도검을 휘둘렀다.

쨍쨍쨍, 째애애앵, 쨍쨍!

한편, 가장 뒤에서 옆으로 우회한 조전후는 멀찍이 떨어진 곳에 있는 담벼락 위로 올라섰다.

목적은 두 가지.

첫째, 상대의 인원이 어느 정도인지 파악하는 것.

둘째, 가장 허술한 전선의 뒤로 파고들어 적을 당황케 만드는 것.

그의 눈이 매섭게 빛났다. 이윽고 자신이 지원할 만한 곳을 찾은 그가 움직이려다가 눈을 부릅떴다.

전각 안쪽에서 일단의 사람들이 튀어나왔다.

한 명, 두 명…….

열 명이다.

그런데 그들의 몸놀림이 예사롭지 않았다.

조전후는 저들이 십지라고 판단하며 빽! 소리를 질렀다.

"십지가 온다! 모두 대비하시오!"

공력을 실은 그의 고함이 허공을 울렸다.

정신없이 충돌하는 가운데 열 명의 절정고수가 느닷없이 끼어들면 초반에 상당한 피해를 입기 쉽다.

조전후의 고함에 독수가 외쳤다.

"이십 보 후퇴, 전열을 가다듬는다!"

이백여 정파인들의 얼굴에 긴장이 어렸다. 지금도 쉽지 않은 승부지만, 그나마 제법 우세한 편이었다. 하지만 열 명의 절정고수가 적에 합류한다면 십중팔구 밀릴 수밖에 없을 것이다.

예비 십지들은 말은 안 했지만 입꼬리가 올라갔다.

싸움이 싱거워질 것이기에.

그리고 그들은 전의를 불태웠다.

한 놈이라도 자신의 손으로 죽인다.

휘휘휘휘휘이이익.

담벼락을 가볍게 뛰어넘은 일천의 십지들이 각각 일정한 거리를 두고 줄지어 섰다.

가운데 위치한 일천의 일지가 좌우의 동료들을 번갈아 보며 말했다.

"시작한다. 알겠지만, 한 명도 살려둬선 안 될 것이다. 천존께서는 이 일이 밖으로 새어 나가길 원하시지 않을 터."

그들이 뛰었다. 정파인들은 호흡을 고르며 충돌을 대비했다. 이천의 예비 십지들은 그들에게 앞길을 내주려다가 눈을 부릅떴다.

쇄애액, 서걱, 쇄애액, 서걱.

"끄아아악!"

"으아악!"

선배라고 믿은 이들의 검이 허공을 가르며 떨어졌다. 순식간에 수십여 명의 예비 십지들이 목숨을 잃었다. 그리고 남은 후보생들은 살기 위해 선배들의 칼을 막으며 싸웠다.

그 광경을 보며 정파인들은 어리둥절해졌다.

서언이 독수에게 다가와 물었다.

"이게 어떻게 된 건지……."

독수는 어깨를 으쓱하며 대꾸했다.

"난들 알겠나?"

문뜩 독수의 입가에 흐릿한 미소가 피어났다. 그러더니 그 미소가 짙어졌다.

독수가 말했다.

"다행히 천 공자가 살아 있나 보군."

"예?"

"그가 아니고서야 세상의 어느 누가 이런 말도 안 되는 명장면을 연출해 내겠는가."

"……."

"우리는 일단 구경하면서 상황을 지켜보자고. 수하들에게 경계를 늦추지 말라고 전하게."

"알겠습니다."

"부상자는 뒤로 빼고, 고참들을 앞으로 배치시키게. 어떤 상황이 오더라도 당황하지 않도록."

"예."

*　　　　*　　　　*

"안 돼애애애!"

독고설이 절규했다.

낭왕과 풍운의 낯빛이 하얗게 질렸고, 폭혈도와 귀혼창은 입술만 꾹 깨물었다.

일존은 여전히 웃는 얼굴로 입을 열었다.

"하하하, 아직 죽을 시간은 아닌데."

천류영의 가슴에 얼굴을 파묻은 독고설이 외치듯 말했다.

"살아 있어요, 살아 있어. 심장이 뛰고 있어요!"

그녀의 말에 낭왕과 풍운의 안색이 돌아왔다. 폭혈도와 귀혼창은 안도의 한숨을 내쉬었다. 그러자 일존이 키득거리다가 말했다.

"그러니까 아직 반 시진은 더 버틸 수 있을 거야. 그렇지?"

그가 어느새 구석에 몸을 웅크리고 있는 백발의원에게 물었다. 백발의원이 빠르게 고개를 끄덕이다가 멈추고는 말했다.

"보통 삼취미분독을 취하면 한 시진 정도 후에 죽습니다. 하지만 일이각 정도의 오차는 있습니다."

일존이 독고설을 보며 말했다.

"그렇다는군. 그리고……."

독고설이 일존의 말을 끊으며 의원에게 말했다.

"독을 먹였어요?"

의원이 격하게 손사래를 쳤다.

"제가 그러지 않았습니다. 저는 무림서생을 치료한 의원입니다. 독을 먹인 건, 저기 쓰러져 있는 연 집사가 먹였습니다."

독고설에 의해 말이 끊기면서 얼굴을 찌푸린 일존이 다시 웃으며 말을 건넸다.

"검봉이지? 고것 참. 아, 참고로 무림서생에게 독을 먹인 자를 죽인 건 노부라네. 그리고 자네들에게 할 말이 있는데……."

그가 서찰을 펼치며 말하려는데 독고설이 다시 끊었다.

"의원이라면 당장 와서 이 사람을 치료해요. 해독약은 어디 있죠?"

의원이 눈을 또르륵 굴리다가 말했다.

"해독약은 없습니다."

"……!"

"살릴 방도가 없습니다. 죄송합니다."

낭왕과 풍운의 낯빛이 다시 하얗게 변했고, 폭혈도와 귀혼창도 재차 입술을 꽉 깨물었다.

그렇게 대화가 오가는 내실이지만, 풍경은 살벌했다.

서로 견제하고 있는 고수들이 뿜어내는 기운으로 인해 휘장들이 거칠게 흔들리고 있었다.

독고설이 의원을 향해 외쳤다.

"정말 없어요? 해독약은 정말……."

퍼억!

일존이 내지른 장력에 의원이 비명도 못 지르고 죽어버렸다.

모두가 황망해하며 일존을 보는데, 그가 태연하게 대꾸했다.

"이미 돌이킬 수 없는 일 때문에 시간 낭비하는 것처럼 어리석은 짓은 없지. 고작 그것 때문에 툭하면 감히 노부의 말을 끊기나 하고……."

독고설은 뒷 건물에 숨어 있는 하유와 그녀를 호위하고 있는 팽우종을 떠올렸다.

당장 하유에게 가야 한다.

화선부주인 그녀라면 무슨 방법이 있을 것이다. 아니, 있어야만 한다.

그녀가 천류영을 안기 위해 이불을 젖히다가 신음을 삼켰다. 속옷만 입고 있는 천류영의 몸이…… 눈을 아프게 찔렀다.

수많은 화상 자국을 비롯해서 셀 수도 없는 딱지가 더덕더덕 붙어 있었다.

과연 이것을 사람의 몸이라고 할 수 있을까?

그리고 손톱과 발톱도 거의 없다. 뽑혔단 얘기다.

독고설이 양손으로 얼굴을 가리고 털썩 주저앉았다가 곧바로 일어났다. 그러고는 펑펑 울면서 그를 안아 들었다.

낭왕은 신음으로 중얼거렸다.

"나 때문이야."

풍운은 이를 갈았다.

"죽여 버릴 거야. 사람을 어떻게 저리……."

폭혈도는 고개를 절레절레 저었고, 귀혼창은 한숨을 쉬었다.

분노가 감당하기 어려울 정도로 과해지면 오히려 머리가 차가워진다. 지금 이들이 그랬다.

일존은 곤혹스러운 표정을 지었다가 짜증을 냈다.

"이봐, 그러니까 내 말 좀 끝까지 들으라고! 고문을 한 건 내가 아니라……."

방야철이 말을 끊었다.

"닥쳐! 네놈이 천 공자를 협박하는 걸 들었다."

"아! 그건 그러니까……."

"변명은 필요 없다."

"네놈은 정말이지……."

"너 말고 또 한 놈 있지? 술 좋아하는 절대고수."

"아! 말 잘 꺼냈군. 그러니까 그 취존이……."

"취존? 그래, 그자 어디에 있나?"

일존의 얼굴이 딱딱해졌다.

"지금 너희들 내 말을 제대로 들을 생각이 없는 거군."

독고설이 천류영을 안고 나가려는데 일존의 손가락이 움직였다.

파아앙!

지강(指罡)!

지강이 섬전처럼 뻗어 나가 독고설의 앞을 노렸다. 그런데 그 지강을 하나의 검이 막아섰다.

짱!

풍운의 검.

처음으로 일존의 눈동자가 흔들렸다.

그야말로 순식간에 이 장의 거리를 이동했다.

순간 이동을 하는, 세상에서 가장 빠른 이형환위라는 경신법이 있다. 하지만 지금 저 풋내기가 보여준 순간 이동은 일존마저 감탄하게 만들었다.

"정말…… 빠르군. 이형환위의 극성을 넘어섰어. 네가 풍운이라는 녀석이겠지?"

풍운이 일존을 노려보며 독고설에게 말했다.

"가세요. 어서요."

"부탁해."

잠깐 멈춰 섰던 독고설이 앞으로 발을 내디딘 순간, 일존이 외쳤다.

"내 허락 없이는 누구도 못 나간다!"

말이 끝나는 순간, 그의 신형이 움직였다.

파아앙!

일존이 자리에서 사라졌다.

그것과 동시에 내실의 모두가 움직였다.

풍운이 검을 휘둘렀다.

어느새 일존은 풍운의 목을 향해 수도를 긋고 있었던 것이다.

쩡!

손과 검이 부딪쳤는데 쇳소리가 났다.

파아앗!

방야철의 무애검이 허공에서 떨어졌다.

쩡!

일존의 다른 손이 무애검을 튕겨냈다.

쇄애액, 파아앗!

폭혈도의 환도와 귀혼창의 장창이 일존의 등을 향해 짓쳐 들었다.

파라라라라.

일존의 몸이 팽이처럼 돌았다.

쨍쨍쨍쨍쨍…….

찰나의 순간에 셀 수도 없는 쇳소리가 폭발했다.
회전하는 일존의 몸과 그것을 연신 때리는 풍운과 낭왕, 폭혈도와 귀혼창.
콰아아앙!
폭음이 터졌다.
그러자 일존이 원래 자신이 있던 자리로 주르륵 밀려났다. 그리고 그를 공격한 네 명도 호흡을 고르며 몇 걸음 물러났다.
이미 사방의 벽과 천장은 형체를 잃고 붕괴돼 버렸다.
일존이 눈을 번뜩였다.
"이것들이 정말 죽고 싶어 환장을 했구나. 어지간하면 용서하고 수하로 삼으려 했는데……."
그가 등에 메고 있던 검집에서 검을 빼내 들며 말하는데 풍운이 끊었다.
"못 나간다며?"
"뭐?"
"네 허락 없이 못 나간다며?"
일존의 눈가가 잘게 떨렸다. 그러고 보니 검봉이 사라졌다. 그는 '제길!' 이라고 중얼거리고는 풍운을 향해 윽박질렀다.
"네놈은 나이가 몇인데 감히 노부에게 반말을 하느냐! 내 나이가 몇인지나 알고……."

방야철이 물었다.

"취존은 어디 있나?"

"그놈은 왜?"

"너 다음에 놈을 죽일 테니까."

일존이 검을 잡지 않은 손으로 뒷목을 주무르며 으르렁거렸다.

"그럴 일 없다. 버러지 같은 네놈은 노부의 손에……."

폭혈도가 말을 끊었다.

"이놈은 내가 죽이지. 천 공자에게 진 빚은 갚아야 하니까."

귀혼창이 말을 받았다.

"감히 우리 대종사의 큰 계획을 망친 놈, 내가 죽여주마."

일존의 분기가 머리끝까지 치솟았다.

풍운이 외쳤다.

"먼저 찜하는 자의 몫이죠!"

말이 끝나기도 전에 그가 일존을 향해 몸을 날렸다.

제24장
희망이란 꽃은 희생이란 대지 위에서 핀다

1

사방에 높은 봉우리가 겹겹이 둘러쳐진 일월대.

십만대산 밖의 평지엔 이미 태양이 떠올랐지만 이곳은 아직도 어둑어둑했다. 하지만 동녘 하늘은 확실히 어둠이 엷어지고 있었다.

천류영을 안고 전각 밖으로 뛰어나온 독고설은 바로 앞에 있는 건물을 우회하며 소리쳤다.

"팽 소협! 하유 부주님!"

건물의 뒤쪽에 숨어 있던 팽우종이 모습을 드러내며 반색했다.

"검봉! 여깁니다. 천 공자를 구하셨군요. 다행입……."

팽우종은 말꼬리를 흐리며 눈을 부릅떴다. 독고설의 품에 안겨 있는 천류영을 본 것이다.

처참하다는 말조차 부족하게 느껴질 정도의 몰골.

팽우종은 자신도 모르게 터져 나오려는 신음을 삼키며 괜찮은 거냐고 물으려고 했다. 하지만 독고설이 더 빨랐다.

"급해요. 천 공자가 죽어가고 있어요. 천 공자가……."

독고설은 울먹이며 하유를 찾아 고개를 두리번거렸다.

그러자 산 위로 올라가는 돌계단 옆의 나무 뒤에서 하유가 나타났다. 그녀는 불과 이십여 장 앞쪽에서 들려오는 일천의 십지와 이천의 십지 후보생들의 싸우는 소리를 경계하며 말했다.

"이 안쪽으로 들어오세요. 자칫 싸움이 근처까지 번지면 치료 도중에 위험해질 수 있어요."

독고설이 하유 쪽으로 달리며 고개를 저었다.

"시간이 없어요. 독에 당했는데……."

"무슨 독인데요?"

"삼취미분독이라고 했어요."

하유의 아미가 절로 찌푸려졌다. 처음 듣는 독이었다.

"해독제는?"

묻는 음성이 떨렸다. 독의 정체도 모르는데 해독제마저 없다면 아무리 화선부라도 사실상 치료는 어렵다고 봐야 한다.

"없어요. 부주님, 이분을 살려주셔야 해요. 반 시진 정도는 더 버틸 수 있다고 놈들이 말했는데…… 지금 천 공자의 체력이 바닥이라 그 시간도 장담할 수 없어요."

하유는 코앞에 당도한 독고설에게서 천류영으로 시선을 옮기다가 신음을 흘렸다.

"아아, 맙소사!"

정말 살아 있는 것인지 믿기지 않아서 검지를 천류영의 코밑에 댔다. 동시에 그녀의 다른 손이 천류영의 손목을 낚아채 맥을 짚었다.

독고설이 그런 하유를 보며 말했다.

"심장박동이 약했어요. 어서 빨리 치료하지 않으면 위험해요."

하유는 고개를 갸웃거리다가 앞장섰다.

"일단 따라오세요."

독고설이 그녀를 따라 계단 옆의 숲으로 들어가 조금 걸으니 사람 서넛이 누울 수 있는 작은 공터에 천이 몇 겹 겹쳐서 깔려 있었다. 그리고 그 옆에는 깨끗한 물이 담겨 있는 대야와 침통이 있었다.

천류영의 상태가 위중할 경우 급하게나마 치료할 수 있는 공간을 마련해 둔 것이다.

독고설이 천류영을 천위에 눕히자 하유가 다시 손목의

맥을 짚었다. 그러고는 천류영의 눈을 확인하더니 가슴에 손을 댔다.

독고설이 불안함에 덜덜 떨다가 물었다.

"괜찮은 건가요? 치료할 수 있는 거죠? 하유 부주님, 예?"

그녀 옆에 있는 팽우종이 한숨을 삼키고 독고설에게 말했다.

"검봉, 전설의 화선부예요. 믿고 지켜봅시다."

독고설의 심정을 모르는 건 아니지만, 곁에서 너무 불안해하면 의원이나 환자에게 좋을 것이 없었다.

하유는 천류영의 몸을 꼼꼼히 살폈다. 그 와중에도 싸우는 소리가 시끄럽게 울려서 독고설은 하유가 집중력을 잃지 않을까 불안해하며 말했다.

"일단 응급처치를 하고 장소를 옮기는 것이 좋겠어요."

그제야 하유가 천류영에게서 손을 떼고 고개를 저었다.

"미안해요."

독고설은 혼백이 나락으로 떨어지는 것 같은 절망을 느꼈다.

"예? 왜 그런 말을? 안 돼요. 그런 말 하지 말아요. 제발요. 어떻게든 좀 해봐요. 어떻게든요."

팽우종은 눈을 감고 이를 악물었다. 독고설이 무릎을 꿇고 하유를 향해 조아렸다.

"화선부주잖아요. 제발 살려주세요. 이 사람, 이렇게 죽으면 안 돼요. 제발요."

하유는 입술을 꾹 깨물고 독고설을 보다가 긴 한숨을 토해내고는 대꾸했다.

"일단 이상한 점이 있어요."

하유는 독고설의 손을 잡고 천류영의 몸 쪽으로 이끌었다.

천류영의 가슴에 닿은 독고설의 손.

독고설의 눈물 젖은 눈이 커졌다.

뜨겁다.

"왜 이렇게 뜨겁죠? 독기가 퍼지는 건가요?"

하유가 고개를 저었다.

"맥문을 통해 검봉의 내력을 조금만 주입해 봐요."

"예?"

"그럼 지금 천 공자의 몸속 여기저기에서 작은 폭발이 일어나고 있다는 것을 알게 될 테니까요."

독고설이 영문을 몰라 멍하니 있자 팽우종이 대신 물었다.

"부주님, 그게 무슨 뜻입니까?"

"저도 지금 천 공자의 몸 상태가 이해되지 않는데, 어쨌든 천 공자의 단전에서 흘러나온 기운이 독과 상충하며 폭발하고 있어요."

"예?"

하유는 손으로 제 머리를 살짝 긁으며 고개를 저었다.

"이유를 모르겠어요. 천 공자는 정신을 잃었어요. 절대고수라면 의식을 잃은 상태에서도 독을 몰아내거나 몸을 치유할 수 있다고 얘기는 들었지만…… 천 공자는 절대고수가 아니잖아요?"

"……?"

"그런데 지금 천 공자는 자신의 몸에 들어온 독을 중화시키고 있어요. 그 과정에서 이렇게 열이 발생하고 있는 거고요. 이건 정말이지…… 말도 안 되는 일이예요. 천 공자의 공력이 독에 특화된 기운도 아닐 텐데……."

그때, 독고설이 눈을 빛내며 외치듯 말했다.

"만액환단!"

이번엔 하유의 눈이 휘둥그레졌다.

소림사의 대환단, 무당파의 태청단과 함께 무림의 삼대 영약이라고 알려진 당문세가의 만액환단(萬液還丹).

다른 사람도 아닌 화선부의 의원인 하유가 모를 리 없다. 그래서 독수 당철현을 구출대에서 만났을 때, 넌지시 물어보기까지 했다.

당문세가의 보물이라는 만액환단이 있느냐고.

그때, 독수는 묘한 미소를 지으며 마지막 하나 남은 만액환단을 삼 년 전에 누군가에게 주었다고 했다.

독고설이 급하게 말을 이었다.

"천 공자가 만액환단을 섭취했어요. 그 당시에는 천 공자에게 단전이 없다고 생각해서 부상 치료 외엔 별 효용이 없을 줄 알았는데……. 아! 어쨌든 그러니까 천 공자의 공력 상당 부분은 만액환단이 용해되면서 생긴 것일 테니까……."

그녀가 살짝 손뼉을 치며 팽우종을 보았다. 팽우종이 고개를 끄덕이며 말을 받았다.

"예. 검봉의 말마따나 천 공자의 공력은 독에 저항성이 높을 겁니다."

하유는 그제야 의문이 풀렸다는 표정으로 다시 천류영의 손목을 잡고 맥을 짚었다.

독고설이 간절한 표정으로 물었다.

"그럼 살 수 있는 거죠? 그런 거죠? 그런데 왜 저한테 미안하다고 하신 건가요?"

하유가 씁쓸한 어조로 대꾸했다.

"만액환단의 성질을 품은 내공이 독을 중화시키고 있긴 하지만, 통제가 되지 않아서 제멋대로 폭발을 일으키고 있어요. 지금이야 장기까지 영향을 주고 있진 않지만…… 시간문제예요."

"아……."

"의식을 강제로 깨워 내공을 통제할 수 있게 하는 것이 중요한데…… 그것을 돕는 침술이 본부(本府)에 있어요. 하지만 지금 몸속에서 벌어지고 있는 사투를 과연 이런 몸으로 얼마나 버틸 수 있을까요? 이건 의지 문제일 뿐만 아니라 체력도 매우 중요해요. 지금으로서는 버틸 수 없어요."

독고설이 탄식하며 바르르 떨었다. 그녀의 눈에서 다시 눈물이 후드득 떨어졌다. 하유가 그런 독고설의 표정을 보며 입술을 꾹 깨물었다.

"검봉께서 그래도 시도해 보고 싶다면 해보겠어요. 하지만…… 천 공자가 겪을 고통이 너무 커서 권하고 싶진 않아요."

"……."

"지금 천 공자는 무의식중에도 고통에 시달리고 있어요. 그런데 제가 강제로 깨우는 침술을 시전하면 고통이 배가되죠. 그건…… 사람이 감당하기 어려운 고통이에요. 더더군다나 그 고통의 와중에 제 지시에 따라 내공을 운행시켜야 해요. 십중팔구 정신을 잃기 십상인데, 그런 상황이 발생하거나, 아니면 고통으로 인해 집중력을 잃고 제 지시를 따르지 못한다면…… 그럼…… 끝이에요."

"……."

"의원은 간혹 생명을 포기할 때도 있어요. 바로 지금과 같은 경우죠. 살릴 가능성은 희박한데, 그 치료 과정이 환자에게 너무 고통스러울 경우. 그럼 차라리 환자에게 편안한 죽음을 주는 게 좋을 수도 있어요."

독고설은 양손으로 얼굴을 가리며 어쩔 줄 몰라 했다.

살려야 한다. 살리고 싶었다.

그런데 결국 이 사람이 죽게 된다면, 그 죽는 순간까지 고통에 허덕이다가 가게하고 싶지는 않았다.

어떤 선택이 옳을까?

실낱같은 희망이라도 잡아야 하는 걸까?

그건 자신만의 이기심은 아닐까?

팽우종이 물었다.

"부주께서는 살아날 가능성을 얼마나 보십니까? 이 할? 아니면 일 할?"

그 질문에 하유는 천류영의 몸을 훑었다. 그러고는 고개를 절레절레 저었다.

"제 판단으로는…… 전무해요. 그래서 미안하다고 말한 거예요."

그러면서 속으로 말했다. 그렇게 무지막지한 고통을 버텨낸 사람은 세상에 딱 한 명밖에 없었다고.

천마검 백운회.

독고설이 손을 얼굴에서 떼고 하유를 직시했다. 그녀의 눈빛이 비장한 것을 본 하유는 한숨을 흘리며 고개를 끄덕였다.

“예, 결심이 선 것 같군요. 검봉, 당신 뜻이 그렇다면 해보죠.”

“아뇨.”

독고설의 대꾸에 팽우종이 소스라치게 놀라며 물었다.

“검봉! 포기할 겁니까?”

독고설이 고개를 저었다.

“그것도 아니에요.”

“그럼?”

독고설은 계속 하유를 직시하며 말했다.

“이분을 깨워주세요.”

“…….”

“결정은…… 이분께 맡기겠어요. 이분의 목숨이니까.”

팽우종이 바로 동의했다.

“그게 좋겠습니다. 예, 그렇게 하지요.”

하유는 독고설과 팽우종을 번갈아 보며 씁쓸하게 웃었다.

“아마, 천 공자는…… 죽여 달라고 간청할 거예요.”

그렇게 말하면서도 하유는 자신의 바로 옆에 놓아둔 침통을 열어 펼쳤다. 그러고는 기다란 침을 빼내서는 천류영의 정수리에 천천히 꽂았다. 그것을 시작으로 스무 개가 넘는 침이 꽂히자 천류영의 몸이 격한 경련을 일으켰다.

동시에 그의 눈이 번쩍 뜨이며 입을 열었다.

"으아아아아아!"

고통 어린 단말마가 터져 나왔다. 그의 눈에 있는 혈관이 터져 피눈물이 줄줄 흘렀다.

독고설이 대경해서 천류영의 손을 잡고 울며 말했다.

"저예요. 저 설이에요. 독고설이요."

"ㅇㅇㅇㅇㅇ."

"제 말 들려요? 들려요?"

그녀의 말이 들리는 걸까?

천류영의 고통성이 낮아졌다.

"ㅇㅇㅇ……."

"지금 치료를 해야 하는데…… 많이, 아주 많이 아플 거래요."

천류영은 몸을 바르르 떨며 입술을 꽉 깨물었다. 깨문 입술이 터져 피가 흘렀다. 그 모습에 독고설은 가슴이 갈가리 찢겨지는 것 같았다.

"정신을 잃지 않고, 여기 있는 화선부주님 지시대로 따르면 살 수 있대요. 그런데…… 그게 아주 힘들 거래요. 차라리 죽고 싶을 만큼요. 그러니까…… 힘들면…… 힘들면…… 힘들면……."

독고설이 차마 뒷말을 못 잇고 울먹였다. 하유가 천류영의 경련을 보며 고개를 젓는데, 천류영이 몇 차례 입술을 여짓대다가 힘겹게 입을 열었다. 고통에 젖어 있지만 웃는 얼굴로.

"다행이다."

천류영은 독고설이 잡은 손에 힘을 주며 말을 이었다.

"살겠다는 약속…… 지킬게."

독고설은 울음소리를 참기 위해 어금니를 깨물었다. 혹독한 고문을 어떻게 버텼는지 지금 알았기에.

자신과의 약속을 지키기 위해 버티고 버틴 것이다. 살이 찢어지고 문드러지고, 그 고통에 수없이 죽고 싶었을 텐데, 자신과의 약속을 지키기 위해서.

독고설이 한 손으로 입을 가리고 소리 없이 통곡했다.

하유가 그런 천류영을 보다가 침을 빼내며 말했다.

"좋아요, 천 공자. 이각, 이각만 버텨줘요."

"……."

"임독맥을 따라 침을 놓을 거예요. 천 공자는 그 침을 따라서 공력을 이동시켜야 해요. 평소의 운기행공과는 조금 다를 텐데, 부디…… 절 믿고 버티면서 집중해 주세요."

천류영의 붉은 눈동자에 흐릿한 빛이 일었다.

"알겠……습니다."

그때, 일월대에 자리한 세 전각 중 하나의 지붕이 터져 나가는 소리가 들렸다.

콰아아앙!

팽우종이 말했다.

"그 누구도 이 근처에 얼씬하지 못하게, 목숨을 걸고 막겠습니다."

* * *

사방 백여 장 넓이의 연무장이 신음으로 가득했다.

삼백여 명의 예비 십지들. 그 후보생들 대다수가 죽었거나 죽어가고 있었다.

그들을 죽이느라 피투성이가 된 십지들은 숨을 고르며 눈을 번뜩였다.

그들 중 일지가 낮게 중얼거렸다.

"멍청한 놈."

그가 내뱉은 욕설은 지척에 쓰러져 있는 구지(九地)를 보고 한 것이다.

십지 중 유일한 희생자.

일지의 뒤편에 서 있던 이지(二地)가 무덤덤하게 말을 받았다.

"유독 구지 주변에 쓸 만한 놈들이 몰렸던 것 같습니다."

일지가 심드렁하게 대꾸했다.

"그래도 후보생에 불과한 놈들이었다."

한편, 독수 이하 정파인들은 바짝 긴장한 상태였다.

십지가 보여준 무위가 그들을 그렇게 만든 것이다.

특히 백호단을 제외한 이곳의 정파인들은 절강성에서 천류영을 구하기 위해 십천의 십지와 충돌한 적이 있었다.

물론 그때도 십지가 강하다고 생각했다. 하지만 절정고수란 이름엔 약간 못 미친다는 느낌이 들었던 것도 사실이다.

내공이나 초식 모두 대단했지만, 실전 경험이 부족한 탓이었다. 하지만 지금 눈앞에 있는 십지들은 달랐다.

수라장을 헤치고 살아남은, 상당한 실전을 경험한 절정고수들이었다.

독수가 고개를 절레절레 흔들다가 피식 웃고는 말했다.

"하긴…… 이래야 전설의 십천백지다운 거겠지."

딱히 큰 소리는 아니지만, 그 말을 들은 일지가 독수를 직시했다.

독수가 물었다.

"자, 이제 말해주겠나? 자네들은 아군인가, 아니면 적인가?"

일지가 답했다.

"적이다."

독수는 그렇게 대답할 거라 이미 알고 있었기에 소리

없이 웃었다. 왜 그런 대답을 할 줄 알았냐면 산으로 올라가는 쪽에 자리한 세 개의 전각 중 한 곳에서 싸우는 소리가 얼마 전부터 들려왔기 때문이다.

풍운과 낭왕 일행이 천존과 격돌하고 있는 것이리라.

독수가 다시 물었다.

"그럼 왜 우리를 공격하지 않는 거지? 아니면 너희 우두머리를 도우러 가야 하지 않나?"

일지의 입가에 흐릿한 미소가 찰나 스쳤다.

"너희를 공격하지 않는 건, 그런 명을 아직 받지 않았기 때문이다. 그리고…… 우리가 도와야 할 만큼 천존께서 약하다고 생각하는가? 그렇다면 너희는 진짜 하늘을 본 적이 없는 거다."

"흐음, 확실히 지금껏 봐온 십천백지와는 조금 다르군."

일지가 깜빡했다는 듯이 한 손을 들어서는 자신의 관자놀이를 톡톡, 치며 말했다.

"아! 그리고 너희를 공격하지 않는 이유가 또 하나 있지."

"……?"

"언제라도 죽일 수 있으니까."

"……!"

독수 당철현의 볼이 푸들푸들 떨렸다.

"클클클, 감히 노부 앞에서 그런 말을 하는 배짱이라니."

일지가 턱을 살짝 쳐들며 눈을 빛냈다.

"당신은 인정해 주지. 그러나 당신 한 명뿐이야. 나머지는……."

일지는 주변에 널브러져 있는 삼백여 시신들을 훑고는 말을 이었다.

"여기 죽어 있는 놈들과 똑같지. 버러지."

그 말이 떨어지기 무섭게 조전후가 발끈했다.

"감히 우리를 버러지라고 부르다니! 네놈이 야차검의 검을 받아봐야 정신을……."

일지가 고개를 갸웃하며 말을 끊었다.

"야차검? 어디 소속이지?"

"……."

"자존심이 상했다면 덤벼라. 아직 명이 떨어지지 않아서 너희를 공격하지는 않겠지만…… 먼저 덤벼준다면 얘기는 달라지니까. 솔직히 말하면…… 너희들 모두 쓸어버리고 싶어서 손이 근질근질하거든."

조전후가 으르렁거리며 뒤로 한 걸음 물러났다.

"흥, 그런 도발에 내가 넘어갈 거라고 생각하는 거냐? 나 역시 천 공자의 명만 떨어지면 너 같은 건 당장……."

일지가 피식 웃고는 조전후의 말을 끊었다.

"천 공자라면 무림서생을 말하는 건가? 곁에서 잠깐 지켜봤는데, 여간내기가 아니더군. 어쨌든 놈의 세 치 혀 때문에 우리가 취존님의 새끼들을 죽이게 됐으니까."

그 말에 이백여 정파인들의 입가에 미소가 맺혔다. 하지만 이어지는 일지의 말에 안색이 하얗게 질려갔다.

"그런데 그 무림서생이라는 자, 죽었다."

독수가 잠깐 멍한 표정을 지었다가 이내 차가운 어조로 물었다.

"정말이냐?"

"그래."

그때, 뒤로 조용히 물러나던 조전후가 갑자기 앞으로 달렸다.

"이 개자식들아!"

일지가 싸늘한 표정으로 돌변하며 마주 나갔다. 독수와 서언, 그리고 독고포가 동시에 당황하며 조전후를 불렀다.

"이보게!"

"아니!"

"조 대협!"

조전후의 오 척 대검이 일지를 향해 떨어졌다.

쇄애애액!

쩡!

불똥이 튀었다.

일지가 한 걸음 물러나며 투덜거렸다.

“힘은 황소 같군.”

그러나 조전후는 열 몇 걸음을 주르륵 밀려났다.

조전후가 분한 듯 검을 쥔 손까지 덜덜 떨며 외쳤다.

“진짜냐? 진짜 천 공자가 죽은 거냐? 거짓말이지?”

일지가 소리 없이 웃고 대꾸했다.

“독에 뒈졌지. 그게 그렇게 화가 나나? 고작 쟁자수 출신의 서생 하나 죽은 것 가지고…….”

일지가 말을 도중에 끊으며 이맛살을 찌푸렸다.

방금 전까지 자신들을 바라보던 정파인들의 눈빛과 표정에는 긴장과 두려움이 공존했다. 그런데 그것이 어느새 사라져 있었다.

철컹, 철컹, 철컹…….

검집이나 도집을 떨어트리는 소리.

이건 보통 무사들이 결투 전 목숨을 버리기로 작정할 때 보이는 모습이다.

서언이 검집을 떨어트리며 말했다.

“주군을 따르겠습니다.”

조전후가 눈물을 훔치고 빽! 외쳤다.

“한 놈이라도 꼭 죽이고 죽는다! 나, 조전후, 천 공자의 복수를! 쥐꼬리만큼이라도 하고 죽는다, 이 개자식들아!”

정파인들이 어금니를 깨물고 날붙이를 들어 십지를 노렸다. 이 갑작스러운 변화에 십지가 당황했다. 특히 일지는 눈을 부라리며 말했다.

"버러지 같은 것들이 그런다고……."

독수가 그의 말을 사납게 끊었다.

"약속하지. 너희 십천백지가 설사 패왕의 별에 오른다 하더라도 우리 당문은 너희와 영원히 철천지원수로 지내게 될 거네. 당문과 원한을 지면 어떻게 되는지 알지? 너희들은 앞으로 잠을 편하게 자지 못할 것이며, 음식도 마음대로 먹지 못하게 될 거야."

그가 앞으로 발을 내디뎠다. 그러자 정파인들 모두 앞으로 걸었다.

쿵, 쿵, 쿵…….

한 걸음, 한 걸음에 힘이, 그리고 살의가 빗발쳤다.

일지가 속으로 황당해하다가 혀를 찼다.

놈들은 목적이 실패했다는 것을 알게 되면 허탈감에 빠질 것이라 생각했다.

그런데 이런 역효과라니.

'좋지 않아. 대체 그 강하지도 않은 서생 놈이 뭐라고 이렇게까지.'

독수가 외쳤다.

"공격하라!"

그때, 전각 중 하나의 지붕이 터졌다.

콰아아앙!

2

갑작스러운 폭음에 정파인들도 걸음을 멈출 수밖에 없었다. 아무리 분노했다고 해도 저곳에서의 승부가 전체 싸움에 지대한 영향을 준다는 것쯤은 다 알고 있었기에.

허공으로 솟구쳤다가 지붕의 기와에 착지하는 일존, 그리고 그를 사방에서 포위하는 네 고수.

천존은 여전히 여유로운 표정으로 어깨를 돌리다가 말했다.

"이제 좀 싸울 맛이 나겠군. 좁은 데서 치고받고 하려니 너희도 답답했을 거야. 하하하."

일존의 말마따나 좁은 공간에서 다섯의 초고수가 싸우려니 제대로 실력을 발휘하기 어려웠다.

풍운이 이번에도 먼저 움직이려고 발을 내디디는데, 일존이 손을 들어 제지했다.

"잠깐."

"뭐야?"

"연무장에서 내 수하들이랑 너희 쪽 놈들이 한판 붙으려는 것 같은데, 괜찮겠나?"

"……."

풍운과 낭왕의 얼굴에 그늘이 졌다. 그들도 지붕 위로 올라오면서 연무장을 빠르게 훑었다. 연무장에 가득한 시신들.

삼백에 가까운 사람들을 그 짧은 시간에 몰살시킨 건 십지일 것이 분명했다.

결코 무시할 수 없는 자들.

물론 아군에도 독수 어르신부터 서언이나 원풍 등 훌륭한 고수들이 있지만, 열 명의 절정고수를 상대하기엔 부족함이 있었다.

상당한 피해가 나올 터.

일존이 음흉하게 미소 지었다.

"저쪽의 승부가 너무 싱거울 것 같아서 내가 조금 아량을 베풀 생각이야. 그러니 내가 말하는 동안은 방해하지 말도록."

"……."

풍운과 낭왕이 입술을 꾹 깨물고 침묵하는데, 폭혈도가 구시렁거렸다.

"흥, 무슨 꿍꿍이를 부리려고."

일존이 폭혈도를 보며 고개를 갸웃거렸다.

"아, 진즉 물으려고 했는데, 대머리 네놈과 옆에 있는 놈은 대체 뭐냐? 대체 왜 너희들은 마기를 흘리는 거지?

설마 마교도냐?"

"……."

"그럴 리가 없잖아. 이것 참, 신기하단 말이지. 뭐, 어쨌든 상관없어. 다 죽여 버리면 그만이니까."

일존은 태연하게 말하면서도 눈을 풍운에게 고정했다. 처음 저 풋내기의 검을 받아쳤을 때 느낀 소름이 지금도 진정되지 않았다.

그건 분명 초극쾌였다.

그렇게 빠른 검격을 연이어 펼쳐 내는 것에 꽤나 충격을 받은 것이다.

저놈의 나이가 스물 초반이라고 했는데……. 몇 년 후 혹은 십 년, 이십 년 후 저놈이 어디까지 올라설지 상상조차 되지 않았다.

저런 싹은 크기 전에 밟아야 하는 법이다.

그걸 제때 하지 않아서 지금의 취존이 자신을 위협할 정도로 성장해 버린 것이니까.

일존은 다른 놈은 몰라도 저놈만큼은 오늘 이 자리에서 꼭 죽여야겠다는 다짐을 했다.

그리고 낭왕과 마기를 뿌리는 이상한 두 놈.

이들도 만만치 않았다.

한 명씩 상대하면 어렵지 않게 죽일 수 있을 텐데, 이네 놈이 계속해서 치고 빠지니 상대하기가 여간 까다롭지 않았다.

한마디로 공격할 틈이 없었다.

그렇다면 해결책은 간단하다.

각개격파.

한 놈씩 죽여주면 된다. 자존심이 조금 상하지만, 쉬운 길을 두고 귀찮게 돌아갈 이유는 없는 법.

일존이 내공을 담아 소리 높여 외쳤다.

"일지, 이지, 삼지, 사지, 오지!"

그의 목소리가 허공을 쩌렁쩌렁 울리며 퍼져 나갔다.

호명을 받은 다섯 명이 동시에 즉각 답했다.

"하명을 기다립니다!"

일존이 손을 들어 산으로 올라가는 돌계단을 가리키다가 약간 옆으로 방향을 틀었다.

"저쪽에 검봉이 있다. 생포하도록!"

"존명!"

이지부터 오지까지 동시에 대답했다. 그런데 일지가 당혹스러운 표정으로 미간을 찌푸리다가 입을 열었다.

"천존이시여, 취존의 아이들을 제거하는 과정에서 구지가 죽었습니다."

"그래? 그런데?"

"……."

"하고 싶은 말이 뭐냐고 묻지 않느냐?"

일지는 연무장에 네 명만 남기는 건 자칫 곤란한 상황이 생길 수도 있다는 간언을 하려고 했다. 절정고수 한 명이 더 있고 없음의 차이는 무척이나 컸다. 하지만 일존의 역정에 일지는 고개를 숙였다.

"죄송합니다. 명을 받들겠습니다."

일존은 짜증스러운 기색으로 입술을 깨물다가 말했다.

"좋다. 네 청을 받으마. 일지부터 사지까지만 움직이고, 남은 십지는 저 떨거지들을 정리하도록. 참, 다시 말하지만, 검봉은 생포다. 가능한 생채기 없이."

한편, 풍운과 낭왕, 그리고 폭혈도와 귀혼창도 서로 눈빛과 전음을 교환하고 있었다.

천류영을 치료하고 있을 검봉과 하유, 그리고 하월을 보호해야 한다.

폭혈도와 귀혼창은 하유가 신경 쓰였기에 내려가겠다고 말했다.

하지만 낭왕이 버텼다. 자신이 일존을 상대하겠다고 주장했다.

하지만 풍운은 고개를 저으며 전음을 보냈다.

[이자는 제가 상대할게요. 대신 나중에 취존은 낭왕께 양보하죠.]

취존을 언급하자 방야철은 신음을 삼켰다.

취존!

그놈은 반드시 자신이 상대해야 할 놈이었다.

결국 낭왕이 고개를 끄덕였다.

[조심하게. 최대한 빨리 제거하고 자네를 도우러 올 테니, 그때까지 버텨주게.]

풍운이 눈을 빛내며 고개를 저었다.

[제가 먼저 끝내고 도우러 가죠.]

일지부터 사지까지가 움직였다. 그리고 그들의 앞을 막기 위해 폭혈도와 귀혼창이 지붕에서 뛰어내렸고, 곧이어 낭왕도 뒤따랐다.

일존의 고함을 들은 독고설과 팽우종은 서로를 마주 보았다. 팽우종이 쓴웃음을 깨물었다.

"절대고수의 기감이란 무섭군요. 그래도 제법 거리가 있었는데, 역시 더 먼 곳으로 이동했어야……."

독고설이 고개를 저었다.

"아뇨, 그럴 시간이 없었어요."

팽우종은 독고설이 언급한 반 시진을 말하려다가 이내 수긍했다.

그들은 낭왕과 폭혈도 일행과 네 명의 십지가 다가오는 것을 나무 사이로 보며 숨을 들이켰다.

팽우종이 말했다.

"제가 나갈 테니, 검봉이 이곳을 지켜주십시오."

독고설은 찰나 망설였다가 고개를 끄덕이고는 숲 밖으로 나가는 팽우종을 보았다.

물론 이곳에서 싸움이 벌어지면 안 된다.

한순간이라도 천류영과 하유의 집중력이 흐트러지면 위험하기 때문이다. 그렇더라도 이곳을 비울 순 없다.

최후의 보루.

목숨으로 지켜야 할 자리였다.

독고설은 어떻게든 막을 테니 걱정하지 말라는 얘기를 하고 싶었지만, 그것마저 정신을 분산시킬까 봐 하지 못했다.

그때, 하유가 말했다.

"내 목에 칼이 떨어지기 전까지는 괜찮아요."

독고설이 낮게 대꾸했다.

"고마워요. 정말로."

그리고 피눈물을 흘리며 이를 악물고 있는 천류영을 보고는 돌아섰다.

"맹세해요. 당신이 버티고 있는 한, 설사 사신(死神)이라도 저를 넘지 못할 거예요."

차앙!

독고설은 검을 빼 들고 만약의 사태에 대비했다.

그리고 마침내 일지부터 사지가 들이닥쳤고, 그들을 낭왕과 폭혈도, 그리고 귀혼창과 팽우종이 막아섰다.

슈아아앗, 쩡!

폭혈도의 붉은 환도가 일지의 검을 후려쳤다.

“이 뒤로는 아무도 못 간다. 천 공자를 건드리는 놈은 무조건 내 손에 죽어.”

일지가 검을 든 손목을 살짝 흔들며 비릿하게 웃었다.

“죽은 놈을 살릴 수 있다고 믿는 건가? 어리석은 놈들.”

그가 두 발로 깡충깡충 뛰더니 몸을 비틀며 파고들었다.

흔들리는 검.

당최 어디를 노리는지 알 수가 없었다. 하지만 폭혈도는 조소했다.

“맞힐 테면 맞혀!”

그러면서 환도를 내리그었다. 팔이나 다리 하나쯤 잘려도 상관없다. 환도를 쥔 양팔로 머리와 몸통을 보호하면서 상대의 목을 베어버린다.

쇄애애액.

“젠장!”

일지가 땅을 찍으며 급히 몸을 물렸다.

어지간한 놈이라도 당황하기 마련인데, 이 대머리는 대체 뭔가. 정말 팔다리 중 하나가 잘려도 상관없단 말인가.

폭혈도가 눈을 부라리며 달려들었다.

"어딜 도망가!"
쇄애액, 쩡쩡쩡쩡쩡쩡!
그야말로 무지막지하게 내리꽂히는 환도.
일지는 환도를 계속 튕겨내며 오만상을 썼다.
무식한 놈이다.
일지가 뒤로 연신 물러나다가 발로 돌멩이를 쳤다.
파앗.
쨍!
환도가 돌멩이를 치는 그 짧은 순간의 틈.
일지의 눈이 빛났다. 이 찰나에 나의 검이 너의 미간을 뚫어줄 것이다.
쇄액!
그의 검이 폭혈도의 얼굴을 향해 짓쳐 들었다. 하지만 그 순간, 일지의 눈동자가 흔들렸다.
퍼억!
일지의 가슴팍에서 퍼지는 둔탁한 충격.
"큭!"
일지가 급히 열 걸음을 물러나고는 대머리가 따라 들어오면 머리를 베겠다는 상단세를 취했다.
폭혈도가 씩 웃었다.
"나도 돌멩이 찰 줄 안다고, 이 자식아!"
그러고는 돌멩이를 발로 차고는 앞으로 쇄도했다.

낭왕은 이지와 마주했다. 사금파리처럼 째진 눈의 이지는 강렬한 안광을 뿌리며 낭왕에게 달려들었다.

그의 검에서 시뻘건 검기가 수십여 개 솟구치더니, 앞으로 뻗어 나갔다.

쇄아아아아아!

그런 후, 그 뒤를 곧장 뒤따르는 진검.

낭왕은 무작정 달려들다가 검기를 채 다 피하지 못하고 몇 개 얻어맞았다. 그것도 심장 주변의 가슴에.

약간의 타격만으로도 위험한 곳.

"크윽!"

그의 신형이 중심을 잃고 뒤로 넘어지려는 순간, 이지가 속으로 쾌재를 부르며 검을 뻗었다.

파앗!

이지의 검이 낭왕의 허벅지를 찌르려는 순간, 목표물을 놓쳤다. 황당하게도 낭왕이 완전히 중심을 잃고 뒤로 자빠진 것이다.

문제는 목표를 잃은 이지의 몸도 앞으로 쏠릴 수밖에 없다는 점이다.

푸욱!

이지는 아연한 얼굴로 눈을 치켜떴다.

목 바로 아래를 파고든 낭왕의 검.

"네놈, 일부러……."

낭왕이 몸을 불쑥 일으키며 검을 빼냈다.

쏴아아아.

이지의 목 아래에서 피 분수가 터졌다. 낭왕이 눈을 빛내며 말했다.

"한 놈."

그가 눈을 번뜩이며 좌우를 보았다.

폭혈도와 귀혼창은 유리하게 싸움을 전개하고 있었다. 문제는 하월 팽우종이었다. 그는 충돌한 지 얼마 되지도 않았는데 벌써 상의가 피로 물들어 있었다.

그럼에도 길을 내주지 않기 위해서 필사적으로 칼을 휘두르고 있었다.

낭왕이 위험한 부위에 검기를 맞으면서까지 상대를 속이려 한 이유가 바로 팽우종 때문이었다.

그를 못 믿는 건 아니지만, 절정고수를 상대하기엔 벅찰 수밖에 없었다. 그래서 서둘러 승부를 낸 것이다.

낭왕은 검기를 맞은 가슴이 뻐근한 것을 느끼면서 팽우종을 돕기 위해 발을 내디뎠다. 그 순간, 팽우종이 소리를 질렀다.

"안 돼!"

낭왕도 눈을 치켜뜨며 발에 힘을 주었다.

팽우종을 상대하던 삼지가 공격하는 척 달리다가 괴이

한 보법을 써서 팽우종을 따돌린 것이다.

파아아앗!

그가 경공을 써서 무섭게 빠른 속도로 숲으로 들어갔다.

이제 천류영이 있는 곳까지는 불과 오 장.

사 장, 삼 장…….

독고설이 심호흡을 하며 검을 휘둘렀다.

쇄애애액!

쩡!

불똥이 튀고, 삼지가 또다시 괴이한 보법을 펼쳤다.

파라라라.

어느새 독고설의 옆으로 우회하는 삼지.

독고설이 한 발로 땅을 찍으면서 허리를 뒤로 젖혔다.

그러더니 그대로 검을 뻗었다. 하지만 이미 삼지는 그 검격을 벗어났다.

"네년의 희망인 무림서생부터 죽여……."

승리의 미소를 짓던 삼지의 눈이 흔들렸다.

독고설은 검을 뻗은 것이 아니라 던진 것이었다.

뒤늦게 깨달은 그가 몸을 회전시켰다.

파라라라.

하지만 이미 삼지의 허벅지에 독고설의 검이 꽂혔다.

"크윽, 제기랄! 독한 계집 같으니라고!"

미치지 않고서야 하수가 검을 던지다니. 그건 자살행위나 다름없는 것이다.

삼지가 욕설을 뱉으며 물러났다가 빠르게 쇄도하는 낭왕을 보고는 다시 발을 내디뎠다.

독고설은 맨손으로 그의 앞을 막아서며 이를 갈았다.

"죽어도 못 비켜!"

"네년이 천존의 말을 듣고서 까부는구나."

가능한 생채기를 내지 말라는 일존의 말.

하지만 그 말에서 중요한 건 상처를 내지 않는 것이 아니다. '가능한' 이란 말이지.

"얼굴을 긁어주마!"

그의 검이 독고설의 얼굴을 향했다. 독고설은 고개를 뒤로 젖혀 피하면서 한 팔을 들었다. 이 손으로 검날을 잡고 다른 손으로 상대의 멱을 노릴 생각.

일격에 성공해야 한다. 다음은 없다.

물론 손 하나 잘린다 한들 상관없었다.

천류영을 살릴 수만 있다면.

그런 독고설의 눈이 커졌다.

허공에서 떨어지는 검은 인영.

삼지도 그걸 느끼고는 검의 방향을 급히 틀었다. 그런데 상대가 더 빨랐다. 그것도 너무나.

서걱!

삼지의 목이 땅에 떨어졌다.

독고설이 눈을 동그랗게 뜨며 새롭게 등장한 인영을 보았다.

백발의 노인인데, 눈썹만 검었다.

그가 혀를 차며 치료받고 있는 천류영을 보고는 독고설에게 물었다.

"살릴 수 있는 게냐?"

"누, 누구십니까?"

"한 번에 두 명이 무림에 출도하면 안 되는데. 젠장, 규율 위반인데."

노인이 앞으로 걸어 나가며 방금 당도해서 당황하고 있는 낭왕을 마주하고 말을 이었다.

"풍운 할애비다."

"……!"

노인은 고개를 들어 지붕 위에서 싸우고 있는 풍운을 보았다. 입가에 어리는 짙은 미소.

"더 강해졌구나. 허허허, 과연 너야말로……."

그 순간, 풍운이 옆구리에 발을 얻어맞고 밑으로 추락했다. 노인이 혀를 차며 고개를 저었다.

"이래서 사람은 함부로 칭찬해 주면 안 된다니까. 쯧쯧."

독고설은 급히 그에게 포권을 취하다가 놀라 뒤를 보

았다.

마치 아무 일도 없었다는 듯 치료에 열중인 하유와 아직도 버티고 있는 천류영.

독고설이 안도의 한숨을 내쉬었다.

쇄애애액. 쩡, 쩡쩡쩡!

연무장에서도 본격적으로 충돌이 일었다.

독수 당철현은 흑무독장을 연신 뿌려 대면서 십지 중 남은 다섯을 번갈아가며 노렸다.

그들이 자신의 독장을 의식하느라 제대로 집중할 수 없게 만들기 위함이었다.

공력을 많이 잡아먹는 무공.

하지만 독수는 신경 쓰지 않았다. 자신이 무리하지 않으면 피해가 걷잡을 수 없이 커질 테니까. 지금도 곳곳에서 아군이 비명을 지르고 쓰러지고 있는 상황이었다.

"클클클."

내공이 급격하게 소진되면서 기력이 달렸다. 그런데도 웃음이 절로 나왔다. 그건 분노의 웃음이었다.

이 버러지 같은 것들이 감히 천류영을 죽이다니!

파아아아아!

독인인 독수의 공격이 꽤나 거슬렸을까?

십지 중 한 명이 마침내 못 참고 정면으로 도발해 왔다.

하긴 그럴 만도 하다.

직접 부딪치면 중독되니, 세상에서 가장 까다로운 상대였다. 하지만 이 늙은이가 제멋대로 활개 치는 것을 방치하자니 싸움이 어려워졌다.

단숨에 목을 날려 버릴 수 있는 정파인들이 겁 없이 달려드는데, 빌어먹을 독장 때문에 행동의 제약이 많았다.

그렇다면 약간의 위험을 감수하더라도 도박을 해보는 것이 낫겠다 싶던 것이다.

독수는 이제 마지막 흑무독장이라는 생각을 하며 내공을 끌어 모았다. 그 순간, 십지가 한 명 더 달려들었다.

근처에 있던 독고포 검풍대주가 외쳤다.

"왼쪽은 제가 막겠습니다, 어르신!"

독수의 입가에 미소가 맺혔다. 다행이다.

이젠 흑무독장을 두 번 쓸 수 없었기에.

마지막으로 저놈을 반드시 맞힌 다음, 뒤로 빠져야 한다. 후배들을 믿고.

그가 오른쪽의 십지를 향해 흑무독장을 뻗으려는 순간, 왼쪽에서 비명이 들렸다.

독고포 검풍대주다.

독수의 고개가 그리 돌아갔다.

옆구리를 베였는지 주저앉는 그에게 검이 떨어지고 있

었다. 독수는 지체 없이 흑무독장을 날렸다.

쇄애애액!

퍼어어엉!

독고포의 목을 베려던 십지가 비명을 지르며 나가떨어졌다. 설마하니 자신에게 흑무독장을 쓸 것이라고는 전혀 상상하지 못했으니까.

왜냐하면 독수에게는 자신의 동료가 칼을 뻗고 있었으니까.

독고포가 눈을 치켜뜨며 외쳤다.

"어르시이이인!"

독수가 독고포에게 미소를 보여주었다.

서걱.

독수 당철현의 머리가 차가운 연무장 바닥 위로 떨어졌다. 그의 나이 구십육 세였다.

3

하유가 시술을 시작한 지 일각 반.

"끄으으으."

천류영이 진저리를 쳤다.

마치 전신의 살갗이 다 벗겨져 소금밭을 구르는 것 같았다. 몸속의 혈관을 수십만 마리의 개미 떼가 물어뜯는 것처럼 고통스러웠다.

지옥 불에 떨어진 듯 뜨겁고, 이가 딱딱 부딪칠 정도로 추웠다.

머릿속 자아가 의문을 제기했다.

'왜 그렇게까지 버티는 거지? 모든 것을 놓아버리면 편해질 텐데. 이 바보야! 어차피 못 버틴다고. 지금의 고통이 결국 헛수고가 될 텐데, 왜 버티는 거야?'

그때, 자신의 손을 조심스럽게 잡는 손이 하나 있었다. 천류영은 그것이 독고설의 것임을 알았다.

부들부들 떨리는 손.

지독한 고통 속에서도 독고설의 간절한 마음이 전해졌다.

하지만…… 하지만 이 고통은 너무 지독해서 감당할 수가 없었다. 간신히 부여잡고 있는 의식도 이젠 한계였다.

천류영은 입술을 떨며 중얼거렸다.

"설아, 나는…… 이제……."

천류영의 손을 잡은 손이 흠칫하며 굳었다. 그러더니 이내 그 손의 주인이 부드럽게 속삭였다.

"괜찮아요."

"……."

"전…… 당신과 함께할 거예요. 이승이든, 저승이든. 어디라도 상관없어요. 당신과 함께라면."

하유가 소리쳤다.

“천 공자! 정신을 잃으면 안 돼요! 집중해요! 내기가 흩어지고 있단 말이에요!”

십지 중 또 다른 기습이 있을까, 혹은 천존이 이쪽으로 달려들까 저어해 남아 있던 방야철이 이를 악물다가 말했다.

“천 공자, 버텨주게. 염치도 없고 너무 미안한데…… 제발, 버텨주게.”

팽우종은 처참한 천류영의 몰골을 차마 보지 못하고 고개를 돌렸다.

하유가 급히 머리에 몇 개의 침을 더 꽂아 넣어 정신을 강제로 일깨우며 천류영의 귀에 대고 외쳤다.

“거의 다 왔어요. 당신 정말 대단하다고요. 지금까지 버틴 게 아깝잖아요!”

하유의 말은 진심이었다.

지금까지 버틴 것만으로도 기적이라 할 수 있었다. 그렇다면 의원으로서 그 끝을 보고 싶었다.

기적의 완성을!

그러나 하유의 안색은 빠르게 어두워졌다.

몸에 있는 잠재력까지 모조리 끌어낸 상황. 의지만으로 버티기엔 몸 상태가 최악이었다.

그때, 방야철이 자신이 쥐고 있는 검을 내려다보더니

중얼거렸다.

"할 수 있겠나? 하긴, 해보는 수밖에……. 고맙다."

뜬금없는 자문자답이지만, 아무도 그것에 관심을 기울이지 않았다. 방야철은 독고설 옆에 앉으며 말했다.

"검봉, 천 공자의 손을 줘보겠소?"

방야철이 독고설에게 건네받은 손에 무애검을 쥐어 주자 어리둥절해진 하유가 물었다.

"그 검이 전설의 간장검이나 막야검 같은 신검(神劍)이라도 되는 건가요?"

"그 정도는 아니지만, 검령(劍靈)이 있어서 천 공자에게 힘을 제공할 수는 있소."

하유가 경악한 표정으로 흠칫하다가 이내 고개를 끄덕였다.

"지금은 지푸라기라도 잡아야 하는 상황이니까 어쩔 수 없네요. 그런데, 그 힘을 제가 통제할 수 있나요?"

"가능할 거요. 주변 상황을 인식할 수 있으니까."

"그렇다면 좋아요. 해보죠."

무애검이 예전에 비해 쇠약해진 음성으로 천류영에게 속삭였다.

[나에게 남은 힘을 너에게 주마. 낭왕에게 많이 빼앗겼지만…… 그래도 네 녀석에겐 충분할 거다.]

"……."

[너라면 날 영원히 기억해 주겠지. 부디 살아라.]

무애검에서 빛이 일더니, 강대한 기운이 천류영의 몸속으로 조심스럽게, 그러면서도 거침없이 파고들었다.

타타타타타탁!

귀혼창의 장창이 어지럽게 땅을 때렸다. 사지(四地)는 자신의 발을 노리는 공격을 피하다가 검을 휘둘렀다.

쇄애액, 쨍!

튕겨 나가는 장창.

그 짧은 틈을 이용해 사지가 안으로 파고들었다.

창과 봉은 도검에 비해 길기 때문에 거리를 좁히지 못하면 좀처럼 공격하기 쉽지 않다.

어렵게 만든 기회.

파아아앗!

사지의 검이 귀혼창의 목을 노리고 짓쳐 들었다. 하지만 사지는 이내 미간을 찌푸리며 허리를 젖혔다.

어느새 귀혼창이 왼손으로 옆구리의 단창을 빼 들고 앞으로 찔러 넣은 것이다.

'제길 양손잡이였나!'

사지는 속으로 투덜거리면서 한 손으로 땅을 짚었다가 떠올라 공중제비를 돌았다.

다시 거리가 벌어졌다.

"하아아, 하아아……."

사지는 호흡을 고르며 귀혼창을 노려보았다.

오른손의 장창과 왼손의 단창.

이건 정말 까다로운 상대다.

귀혼창이 무덤덤한 표정으로 입을 열었다.

"내가 두 개의 창을 쓰게 한 점은 칭찬해 주지."

"흥, 그래봐야……."

사지는 말을 끝맺지 못했다.

불쑥 파고드는 장창.

검으로 후려치려는데, 방향이 틀렸다. 장창은 사지의 이 장 앞 땅에 박혔다.

터어엉!

마치 봉을 짚고 높이뛰기를 하는 것처럼 귀혼창이 떠올랐다가 쇄도했다.

쇄애액, 쩡!

단창과 검이 시퍼런 불똥을 일으키며 충돌했고, 귀혼창이 빙글 돌면서 장창을 땅에서 뽑아 휘둘렀다.

부우우웅.

사지가 급히 허리를 젖혀 피하기 무섭게 단창이 하체로 파고들었다. 가까스로 몸을 비틀어 단창을 피하니, 또다시 장창이 허공을 갈라왔다.

숨 돌릴 틈 없이 펼쳐지는 연격(連擊)!

그뿐 아니었다.

두 개의 창에서는 쉴 새 없이 창영이 피어올라 뻗어 나왔다.

파파파파파아앗, 퍼퍼퍼어엉!

애초에 다 피할 수 없다.

찰나도 멈추지 않는 두 창과 사방을 에워싸는 수십여 개의 창영을 어떻게 막겠는가.

"크으윽!"

사지는 배에 세 개의 창영을 얻어맞고는 주르륵 밀려나며 깨달았다.

분하지만 이놈, 강하다. 자신보다 윗줄의 고수였다.

제대로 된 공격을 하고 싶어도 장창 때문에 접근을 할 수가 없다. 하긴 위험을 무릅쓰고 접근해 봐야 기다리고 있는 건 단창.

사지는 홀로 상대를 이길 수 없음을 간파하고 몸을 뒤로 날렸다. 그렇게 담벼락을 넘어서려는데, 거친 파공성이 뒤에서 일었다.

파아아아!

"이놈이!"

상대가 창을 던진 것이다.

사지가 도약을 포기하고 허리를 숙였다.

파앗!

등을 스치고 지나가는 장창! 그 장창이 담벼락에 꽂혔다.

파직!

간담이 서늘해진 사지가 몸을 굴리고 일으키며 재빨리 뒤돌았다.

위험하긴 하지만, 이건 기회다. 놈에게는 이제 단창만 남았으니까!

사지는 곧바로 다가오는 귀혼창을 향해 검을 뻗으려고 했다. 하지만 그는 검을 뻗지 못했다.

부르르 떨리는 그의 동체. 고개가 밑으로 떨어졌다.

어느새 가슴에 박혀 있는 단창.

"언제……."

그의 무릎이 꺾이며 땅으로 허물어졌다.

귀혼창은 여전히 담담한 얼굴로 다가오며 말했다.

"무성창(無聲槍)이라고 하지."

소리 없는 창.

장창의 파공성에만 집중한 실수가 치명적으로 돌아왔다. 아니, 등을 보이고 도망친 것이 실수였을지도.

귀혼창은 벽에 꽂혀 있는 장창과 사지의 가슴에 박힌 단창을 회수하며 말을 이었다.

"절대고수라면 모를까, 내 앞에서 등을 보이면 그 누구도 무성창을 피할 수 없다."

불신의 표정을 한 사지의 얼굴이 땅에 박혔다.

귀혼창은 사지를 흘낏 보고는 고개를 돌려 천존 쪽을 보았다. 풍운과 정체불명의 노인이 합격을 하고 있었다. 저 노인은 분명 낭왕이 언급한, 뒤에서 따라오던 인물이었으리라.

"아군이었군."

풍운만큼은 아니지만 상당한 수준의 쾌검을 구사하는 고수였다. 문제는 그런 고수 두 명이 합격을 펼치는데도 천존의 공격을 막아내기 급급하다는 점이다.

귀혼창의 고개가 절로 절레절레 흔들렸다.

"절대지경을 넘어선 무신지경인가? 가히 재앙이군. 우리 대종사님이 아니면 어려워."

아까 천존이 말한 것처럼 전각 안에서는 힘의 일부만 개방한 것이 사실이었다.

폭혈도는 숲으로 들어가 싸우느라 보이지 않았다. 굳이 돕지 않아도 폭혈도라면 알아서 처리할 것이다.

"어떻게 할까?"

담벼락 밖의 연무장에서는 고함과 비명이 난무하고, 십여 장 떨어져 있는 전각의 지붕 위에서는 경천동지할 대격돌이 펼쳐지고 있었다.

하지만 그 뜨거운 전장의 한복판에서 귀혼창은 딱히 감흥 없는 표정이었다.

천류영이 사실상 죽음을 선고받은 상황이니, 이 먼 곳까지 온 이유가 사라졌기 때문이다.

천류영이 없다면 이 전투는 사실 정파 내부의 문제였다. 그러니 자신들은 여기서 빠져도 상관없지 않을까?

이쯤 도와줬으면 할 일은 충분히 한 셈이다.

물론 십천백지는 천마검 대종사와 원한 관계였다. 대종사가 천존을 여럿 죽였으니까. 그런 의미에서 싸워도 상관없지만, 위험이 너무 컸다.

그때였다.

그의 눈에 낭왕이 숲에서 나오는 모습이 보였다. 이어 하유 일행이 돌계단을 통해 산 위로 올라가는 모습도.

하월 팽우종이라는 청년이 천류영을 업고 있었다.

안력을 돋운 귀혼창에게 독고설의 상기된 표정이 박혔다.

"살 가능성이 있는 건가?"

귀혼창의 무덤덤하던 표정이 변하며 눈에 기광이 스쳤다.

"그렇다면 얘기가 달라지지."

낭왕이 풍운 일행에게 합류했다. 그렇다면 자신은 남은 십지들을 최대한 빨리 정리하는 것이 낫다.

천존도 결국은 인간.

아무리 대단한 고수라도 수하가 모두 사라져 버린다면 정신적으로 압박을 받을 테니까. 그리고 그 틈을 노리는 것이 좋으리라.

그때까지는 풍운과 낭왕이 버텨주겠지.

만약 버티지 못하고 무너진다면?

천류영을 빼내 도망치는 것도 한 방법이다.

생각을 마친 귀혼창은 곧바로 땅을 치고 담벼락을 넘어서 연무장으로 들어섰다. 아주 은밀하고 조용하게.

슈우우우웃! 쨍쨍, 쨍쨍쨍!

독고세가 검풍대 이조장, 차수국.

"으아아아아!"

그는 고함을 지르며 미친 듯 검을 휘둘렀다. 하지만 상대 십지는 자신의 검뿐만 아니라 동료의 검까지 어렵지 않게 받아쳐 냈다. 그러고는 지금까지 그랬듯 상승의 보법을 이용해 움직였다.

악마의 보법이었다.

자신들의 실력으로는 쫓을 수도, 막을 수도 없었다.

쇄애액! 서걱.

"으아아악!"

팔이 잘려 나간 검풍대원이 비명을 지르며 나가떨어졌다. 차수국이 어금니를 깨물며 몸을 던졌다.

파라라라!

십지가 팔을 자른 검풍대원의 목을 치려다가 몸을 빙글 돌렸다.

쇄액, 쩡!

차수국의 검을 쳐낸 십지가 비릿한 미소로 발을 올려쳤다.

퍼억!

차수국 조장이 입을 쩍 벌리며 나동그라졌다. 그의 머리로 십지의 검이 떨어져 내렸다.

쇄애애액!

"아……."

차수국은 자신도 모르게 탄식을 뱉었다. 급히 몸을 일으키려 했는데, 시신의 팔을 밟으며 미끄러진 것이다.

그렇게 십지의 검이 꽂히려는 순간, 거대한 검이 다가와 그를 구했다.

쩌엉!

"이 개자식아!"

야차검 조전후다.

방금 전에 허벅지에 부상을 당해 물러난 그가 다시 나섰다. 절뚝거리면서 오 척 대검을 연신 휘둘렀다.

쨍쨍쨍쨍쨍!

십지는 오만상을 쓰며 서너 걸음 물러났다. 조전후가

기습으로 십지를 몰아붙이면서 외쳤다.

"차 조장, 뒤로 물러나!"

차수국이 벌떡 일어났다.

"저는 괜찮습니다!"

그리고 그를 돕기 위해 발을 내디디는데, 십지가 땅을 몇 번 차더니 옆으로 주르륵 이동했다.

쇄애애액! 파아아아아.

"으아아악!"

십지를 향해 좌측으로 달려들던 정파인의 목이 날아갔다.

조전후가 이를 갈며 십지를 덮쳤다.

"제발, 제발 한 놈만 죽이자! 같이 죽자고! 황천길 떠나는 천 공자에게 보여줄 선물은 있어야 하잖아!"

그의 오척 대검이 허공을 사납게 가르며 짓쳐 들었다. 하지만 십지는 여전히 비웃는 얼굴로 검을 후려쳤다.

쩌엉!

힘으로는 그 누구에게도 뒤지지 않는 조전후가 휘청거렸다. 그렇게 중심을 잃으려는 찰나, 십지의 검이 안면으로 파고들었다.

파앗!

고개를 돌려 아슬아슬하게 피했다. 뺨을 찢는 검날에 핏방울이 또르륵 떨어졌다.

십지가 성가신 표정을 지었다. 짜증나게 힘이 센, 이 흉악하게 생긴 놈은 벌써 죽어야 했다. 그런데도 급소를 계속 피하며 다시 달려들었다.

"놈! 어디까지 피할 수 있나 보자!"

그의 검이 흔들리며 열댓 개의 검영을 만들어냈다. 그 검영이 검기와 함께 폭사했다.

쩡! 퍼퍼퍼퍼어엉!

조전후의 신형이 부르르 떨렸다.

위험한 건 막거나 피했지만, 몇 개는 얻어맞고 말았다. 사실 이런 검기와 검영은 이미 몇 차례 맞았다. 그래서 조전후의 지금 몰골은 피투성이였다. 하지만 그럭저럭 버틸 만했는데, 지금 것은 달랐다.

십지가 작정을 했는지 상당한 내공을 소진하며 공격한 것이었다.

쇄애애액!

조전후가 가슴으로 짓쳐 드는 검을 보며 울먹였다.

'젠장, 기연을 얻었어야 했는데……. 천 공자, 미안하오. 선물은 없소.'

쨍!

그 순간, 십지의 검을 차수국이 쳐냈다. 십지는 자신도 모르게 욕설을 뱉었다.

"제길!"

이상하게 야차같이 생긴 저놈은 운이 좋았다.
분노한 그의 검이 벼락같이 허공을 찢었다.
서걱!
차수국의 눈이 커졌다. 막으려 했는데…… 상대의 검이 더 빨랐다.
조전후가 외쳤다.
"차 조장!"
쓰러지는 차 조장이 입가로 피를 흘리며 말했다.
"조 대협, 천 공자의 복수를……."
조전후가 몸을 부르르 떨며 괴성을 질렀다.
"으아아아아!"
단전의 내공을 단숨에 폭발시킨 그가 십지를 향해 달렸다. 절뚝거리면서도 바람처럼 폭사했다.
타악!
조전후가 몸을 띄우며 오 척 대검을 머리 위로 들어 올렸다. 그러고는 힘껏 내리질렀다.
쇄애애액!
조전후의 흉악한 얼굴이 더 흉악해져서일까?
아니면 그의 신형에서 폭발하듯 쏟아져 나오는 기운 때문일까?
십지가 처음으로 입가에 어린 비릿한 미소를 지웠다. 그러고는 조전후의 검을 쳐내려는 순간, 눈동자가 흔들렸다.

뒤에서 기습? 이 정도의 실력자가 있었나?

생각은 찰나, 몸이 먼저 반응했다. 문제는 뒤에서의 기습이 전광석화처럼 빨랐다.

푹!

"크!"

귀혼창이 십지의 등에 창을 꽂아 넣었다. 그런 후, 곧바로 조전후의 칼이 십지의 정수리에 떨어졌다.

콰지지직!

조전후의 검이 두개골부터 시작해 갈비뼈를 가르고 사타구니로 빠져나왔다.

일검양단.

쏴아아아아!

두 쪽으로 갈라지는 십지의 몸에서 핏줄기가 사방으로 뿜어져 나왔다.

피투성이의 조전후가 울면서 환호했다.

"죽였다아아아!"

그의 고함이 영향을 끼쳤을까.

오지(五地)를 포위하고 공격하던 백호단에서 함성이 일었다. 원풍이 소리쳤다.

"여기도 한 명 잡았소!"

도수가 죽은 후, 네 명의 십지를 포위해 공격하던 정파인들. 하지만 절정고수의 위력 앞에서 전황을 딱히 유리하게 끌고 가지 못하면서 피해만 속출하던 그들이 마침내 승기를 잡았다.

귀혼창은 서언이 이끄는 주작단을 흘낏 보다가 몸을 돌렸다. 백호단이 실전 경험이 풍부한 정예라면, 주작단은 일사불란한 조직력을 가지고 있었다.

어느 정도의 피해는 더 나오겠지만, 곧 정리될 것이다.

귀혼창의 눈이 허공을 지나 한곳을 향했다.

콰아아아앙!

연방 거대한 폭음이 일어나는 대격돌의 현장.

이젠 자신도 저곳에 합류할 시간이다.

짜리리릿.

몸에 전기가 통하는 듯했다.

천존.

십지와는 격이 다르다.

그리고 저자는 말로 전해 듣던 십천백지의 여느 천존들과도 차원이 달랐다.

진정한 강자.

찰나라도 실수가 있으면 죽게 되리라.

타타타탁!

그가 땅을 차면서 날듯이 뛰었다.

그때, 지금까지 일던 폭음보다 훨씬 거대한 폭발음이

터졌다.

콰아아아앙!

결국 초고수들간의 격돌에 전각이 버티지 못하고 무너져 내렸다.

제26장
무신지경의 절대자

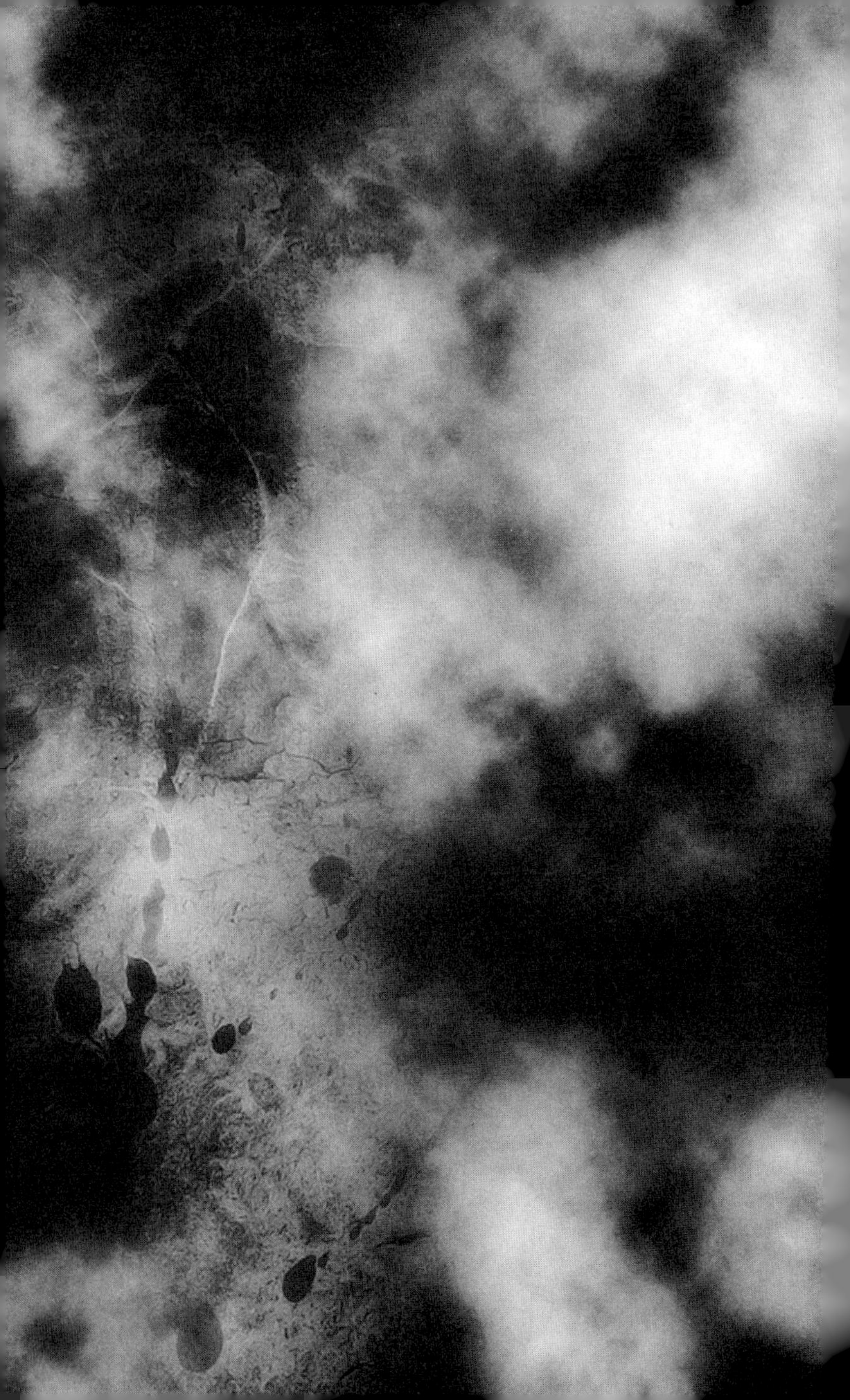

1

하늘은 이제 완연하게 밝아졌다.

산 밑 일월대는 봉우리가 만들어내는 그늘에 가려 있지만, 허공의 색깔은 투명한 청록빛. 굳이 내공으로 안력을 돋우지 않아도 될 만큼 세상은 환해지고 있었다.

그러나 일존과 그와 맞서는 세 명의 고수 사이엔 잿빛 먼지가 가득했다.

전각이 무너지면서 생긴 부유물.

풍운과 풍운의 할아버지인 풍곽, 그리고 낭왕이 허공을 노려보았다.

먼지를 뒤집어쓴 그들의 행색은 초라했다. 특히나 풍곽

의 안색은 핼쑥해져 있고, 풍운은 왼쪽 어깨 부근에 부상을 입어 핏물로 젖어 있었다.

반면, 위풍당당하게 허공에 떠 있는 일존.

그는 천천히 고개를 돌리며 사방을 훑었다.

주변과 연무장.

"쯧쯧."

일존은 혀를 차다가 실소를 흘렸다.

자신이 데리고 있는 십지는 모두 절정고수들이고, 그중 둘은 초절정이었다.

어지간한 대방파라도 이들만으로 한 시진 내에 붕괴시킬 수 있을 전력이었다. 그런데 그 십지들이 거의 죽었다.

"흥미롭군. 이런 결과는 전혀 예상하지 못했어."

자신이 데리고 있는 십지 후보생들 중 추려보면 몇 놈은 그럭저럭 쓸 만할 것이다. 하지만 취존이 데리고 있는 십지에 비해 현저하게 수준이 떨어질 것은 자명했다.

물론 그 십지들이 자신에게 위협적인 존재는 아니다. 하지만 데리고 있는 수하의 실력이 취존에 비해 형편없다면 자존심이 상하는 문제였다.

"뭐, 잃은 것이 있다면 그 이상으로 얻어내면 되는 거겠지."

그는 덤덤하게 중얼거리며 팔을 휘저었다. 그러자 사위에 가득하던 먼지가 흩어졌다.

쇄애애애액!

풍운이 던진 돌멩이가 벼락처럼 날아왔다. 그러나 일존은 흘낏 보았을 뿐, 딱히 반응하지 않았다.

파직!

일존의 근처까지 짓쳐 든 돌멩이가 보이지 않는 막에 부딪치며 쪼개져 힘없이 밑으로 떨어져 내렸다.

그러더니 그의 몸도 서서히 하강했다.

남쪽에 풍운, 서쪽에 풍운의 할아버지인 풍곽, 북쪽에 낭왕, 그리고 동쪽으로 귀혼창이 합류했다.

네 명의 고수가 긴장한 표정인 반면, 일존은 그들을 심드렁한 얼굴로 훑으며 마침내 붕괴된 전각의 잔해물 위에 착지했다.

부러진 대들보 위에 선 일존이 입을 열었다.

"일단 한 가지는 짚어야겠어."

"……?"

"너희들이 지금까지 살아 있는 이유. 내가 손속에 인정을 뒀기 때문이야."

풍운이 발끈하려다가 입술을 깨물었다. 그와 풍곽, 그리고 낭왕은 일존의 말이 사실임을 알고 있었다.

믿겨지지 않을 정도로 강하긴 하지만, 살기가 없었다. 마치 오랜만에 싸움을 즐기는 듯한 표정마저 종종 짓고는 했다. 그래서 더 분했다.

일존이 말을 이었다.

"왜냐하면…… 죽이기보다는 살리려고 해서야. 간만에 제대로 몸을 푸는 것 같아서 재미있기도 하지만, 정체가 궁금했거든. 새파랗게 어린 애송이가 초극쾌를 펼치질 않나, 마기를 펄펄 날리는 놈이 두 명이나 있질 않나. 이건 정말로 궁금할 수밖에 없잖아."

"……."

"그래서 죽이기보다는 굴복시켜 정체를 알아내려 했는데…… 또 그게…… 참나, 후후후."

일존은 헛웃음을 흘리다가 계속 말했다.

"생포는 쉽지 않더군. 뭐, 어쨌든 지금 내 말은 칭찬이니 어느 정도 자부심을 가져도 좋다. 너희들 수준이 제법이라는 뜻이니까. 내가 살의를 품지 않는 이상 죽이기가 쉽지 않았다는 말이잖아."

"……."

"자, 그럼 서론은 그만하고, 본론을 얘기할까?"

그는 뒷짐을 진 채 풍곽과 풍운을 번갈아보았다.

"너희들…… 천궁이지?"

둘은 대꾸하지 않았다. 일존도 딱히 대답을 기대한 것은 아니라는 표정으로 귀혼창을 보았다.

"너는…… 흠, 믿기진 않지만 마교도지? 아무리 생각해도 이 정도의 마기를 흘리는 고수들은 그쪽 외에 흔치 않거든."

"……."

부정하지 않는 것은 곧 시인한다는 뜻.

일존이 고개를 절레절레 저으며 소리 없이 웃었다.

"설마설마했는데, 어떻게 이런 조합이 가능하지? 천궁은 정사지간이잖아. 어느 쪽에도 속하지 않는. 아니, 도장깨기를 즐겨 하니 정파로부터 배척받는 문파지. 그리고 마교도는 두말할 필요도 없고. 그런데 왜 정파의 무림서생을 구하려고 너희들이 힘을 합친 거지?"

"……."

"내가 지금껏 계속 생각해 봤는데, 이게 아주 대단한 흑막이 있는 게 분명하단 말이지. 천궁은 그렇다 치더라도 마교까지라……."

일존은 검을 쥐지 않은 손으로 관자놀이를 긁으며 낭왕을 직시했다.

"너희들, 뭔가 엄청나게 큰 그림을 그리고 있는 거지? 그리고 그 중심에 무림서생이 있는 거고."

낭왕이 차갑게 윽박질렀다.

"헛소리하지 말고 덤벼라!"

"하하하, 재미있는 소리를 지껄이는군. 내가 진짜로 마음먹었다면 너희들은 이미 죽었다니까. 그리고 가망 없는 천류영을 잡아오거나 검봉을 취할 수도 있었어. 그런데 나는 그러지 않았지.”

귀혼창이 어이없다는 기색으로 물었다.

“네 수하들이 죽어가는데도 싸우느라 어쩔 수 없어 구하지 못한 것이 아니라, 개입할 수 있었음에도 그냥 방치한 거란 얘긴가? 말이 되는 얘길 해라!”

일존이 어깨를 으쓱하고 말을 받았다.

“이런, 방치한 것 맞는데.”

“……!”

“강호무림은 약육강식의 세계. 고작 그렇게 죽을 녀석들이라면 죽는 게 맞겠지. 나는 말이지, 힘이 없으면 그게 당연하다고 생각하는데. 자네들도 나와 마찬가지 생각 아닌가?”

귀혼창은 기가 막혀 말문을 잃었다. 그건 풍운이나 낭왕도 마찬가지였다.

일존이 낭왕을 보며 말을 이었다.

“자, 이딴 얘기는 집어치우고…… 낭왕, 자네는 알잖아. 무림서생을 납치한 건 노부가 아니라 취존이라고. 난 그저 소문이 자자한 무림서생이 어떤 인물인지 구경 왔다가 이런 봉변을 당한 것뿐이야.”

“…….”

“사실 난 지금 매우 억울하다고. 엉뚱한 일에 말려들어서 아끼는 수하들까지 잃었으니.”

그 말에 풍운이 딴죽을 걸었다.

"아끼는 수하? 방금 당신이 힘이 없으면 죽어도 어쩔 수 없다고 한 말과 앞뒤가 안 맞잖아!"

일존이 혀를 차며 인상을 찌푸렸다.

"하, 고놈. 네 나이에 비해 실력이 놀랍다는 건 인정하지. 하지만 계속 어른한테 까불면……."

일존은 입술을 꾹 깨물며 노염을 삼키고 말을 이었다.

"뭐, 좋아. 내가 너희에게 제안을 다 말할 때까지는 참아주지. 어쨌든, 물었으니 답해주마. 아끼는 수하들이지만 패했다. 난 무능한 수하들은 필요 없어."

풍운이 반박을 하려는데, 일존이 손을 들어 제지시켰다.

"내가 지금부터 중요한 말을 할 테니까, 사소한 얘기는 나중에 하자고."

일존은 다시 낭왕을 보며 말했다.

"무림서생은 나도 잠깐 만나 대화를 해봐서 아는데, 매우 똑똑하더군. 그리고 분명, 그 똑똑한 머리로 범인(凡人)은 상상도 할 수 없는 거대한 그림을 그렸을 거야. 마교도까지 끌어들이는. 맞지?"

귀혼창은 자신들이 이곳에 있게 된, 그 거대한 그림을 그린 건 천마검이라고 속으로 일갈하며 귀를 쫑긋 세웠다. 대체 저 인간이 무슨 중요한 말을 하려는지 궁금했기 때문이다.

일존은 자신을 둘러싼 네 명의 고수를 보며 히죽 미소 지었다가 입을 열었다.

"그 계획이 뭔지는 물론 몰라. 하지만 무림서생이 입안했고, 그 계획에 자네들 같은 이들이 함께했다면…… 듣지 않아도 엄청난 계획이겠지? 그래서 말인데, 그 원대한 계획에 나도 동참하고 싶은데."

"……!"

네 고수가 기가 막혀 눈을 치켜뜨는데, 일존이 소매 속에서 한 장의 서찰을 꺼냈다.

"자네들은 아까 이 서찰을 보며 내가 겁박해 쓰게 한 거라고 말했지만, 그건 사실이 아니야. 이건 무림서생이 나에게 제안한 것이지. 당시 그는 취존의 수하인 연 집사로부터 해독약이 없는 독을 먹은 상태였다. 그래서 나에게 뒷일을 부탁한다고……."

풍운이 일존의 말을 끊었다.

"개소리!"

일존의 이마에 힘줄이 팍 돋아났다. 하지만 그는 억지로 미소를 만들어내며, 그러나 아주 차가운 목소리로 말했다.

"이봐, 풍운. 내가 진실을 말해줄까?"

"……."

"나는 강해. 세상에서 가장 강하지. 아니, 그뿐 아니라 고금을 통틀어 제일 강해. 그런 내가 왜 너희들 따위에게 거짓을 말할까? 그저 힘으로 누르면 되는데. 나는 지금 내 수하들이 죽어가는 것을 방치하면서도 너희들을 죽이지 않았어. 왜? 너희들이 나와 함께할 수도 있다고 생각했기 때문이야. 그렇게 아량을 베풀었는데, 어디서 욕설을 뱉는 거냐?"

귀혼창이 비아냥거렸다.

"흥, 그게 아니라 절강과 사천의 정파 세력이 탐난 거겠지. 그들은 지금 정파에서 그나마 선전하면서 명성을 얻고 있으니까."

낭왕이 말을 받았다.

"그리고 무림서생의 큰 그림이 뭔지는 모르지만, 잘만 탑승하면 스스로 패왕의 별이 되려는 계획보다 더 수월할 것 같다는 생각도 했을 테고. 아닌가?"

잠깐의 침묵.

그 침묵을 깬 건 담벼락 너머 연무장에서의 환호였다. 십지를 모두 제거했다는.

하지만 일존은 낯빛 변화 없이 입을 열었다.

"너희들 말이 맞아. 그런데 그게 문제가 되나? 나 같은 절대자가 너희들을 돕는다면, 너희도 좋은 거잖아. 나는 당최 너희가 왜 이렇게 까칠하게 구는지 이유를 모르겠군. 정작 억울한 건 난데 말이지. 아! 혹시 내 수하들을 죽인 것이 껄끄러워 그러나? 그렇다면 신경 쓰지 않아도……."

낭왕이 수다스런 일존의 말을 끊었다.

"당신은 신경 쓰지 않아도, 우리는 그럴 수 없다. 왜냐하면 수하를 그렇게 도구로 여기는 당신과는 함께할 수 없으니까."

일존의 눈가가 잔 경련을 일으켰다.

"하하하, 어중이떠중이가 그런 얘길 지껄인다면 그러려니 해. 세상의 진실을 외면한 채 그렇게 자위라도 하지 않으면 살아가기 힘들 테니까. 그런데 낭왕이 그런 얘길 하다니 실망스럽군. 자네는 강자야. 강자가 왜 그딴 말을……."

귀혼창이 끼어들어 낭왕을 향해 말했다.

"저런 쓰레기와 더 이상 얘기하는 건 시간 낭비라고 생각하오."

풍운이 냉큼 말을 받았다.

"동감."

풍곽이 처음으로 입을 열었다.

"대체 어떻게 살면 저렇게 쓰레기가 될 수 있는 거요?"

낭왕이 미소로 말했다.

"천존, 당신의 제안은 거절하겠소. 이유는, 계속 들어서 귀에 딱지가 앉았겠지만, 다시 한 번 강조해 주지. 당신이 쓰레기라서."

일존은 이제 양 볼까지 부들부들 떨었다.

"너희들…… 그래도 제법 강해서 쓸 만하다 여겼는데, 고작 이 정도였나? 그래도 무림서생은 말이라도 통했는데, 너희들은 어떻게 이리 멍청한 거지?"

낭왕이 피식 웃고 대꾸했다.

"말이 통했다? 그렇게 믿었다면 정말 한심하군."

"뭐?"

"아직도 모르겠나? 당신은 천 공자에게 속았다는 것을. 당신이 받은 그 서찰, 애초에 천 공자와 검봉 사이에 얘기가 되어 있던 거다. 그런 서찰을 가져오는 이가 있으면 반드시 제거하라고."

"……!"

"아! 이것도 말해주지. 당신의 십지가 죽인 취존 수하들. 그것도 천 공자가 즐겨 쓰는 계책이지. 정파의 서문창이라는 적폐 세력과 왜구를 붙게 했듯이, 너희 역시 마찬가지로 당한 거야."

일존이 아랫입술을 질끈 깨물며 낭왕을 노려보았다. 그의 붉어진 낯빛이 얼마나 분노했는지 가늠할 수 있게 해 줄 정도였다.

하지만 이내 그의 입가로 피식 실소가 흘러나왔다.

"후후후, 너희들, 뭔가 착각하고 있군."

"……."

"내가 아까부터 말했는데, 나는 고금을 통틀어 가장 강한 무인이라고."

"……."

"호랑이가 왜 맹수의 제왕인 줄 아나? 한 번 문 건 놓지 않기 때문이지. 나는…… 너희들이 내 앞을 막는다 해도 관철시키겠다."

그의 목소리가 내력을 담아 허공에 울려 퍼졌다.

"검봉을 내 계집으로 취해 독고세가를 삼키고, 낭왕을 인질로 삼아 백호단을 접수할 것이다. 내 이 자리에서 선언하건대, 무림서생이 가진 모든 것을 내가 흡수할 것이다. 반대하는 자들은 모조리 죽일 것이다. 너희들이 마교와 내통했다는 이유로! 증거? 아까 그 대머리와 저 창 쓰는 놈의 시신. 그것으로 모자란다면 내가 몇 개라도 만들어주지. 그게 바로 강자의 특혜니까."

풍운이 이를 갈았다.

"본색을 드러내는군."

"애송이! 네가 수화 황보연의 남자라지? 기대해라. 그 계집도 내 것이 될 테니까. 그리고 황보세가도 내가 삼켜주마!"

풍운은 자신의 여자 아니니까 당신이 가져도 상관없다

고 말하려다가 입술을 깨물었다.

왠지 모르게 기분이 더러웠기 때문이다.

일존이 검을 등 뒤에 꽂고 양손을 위로 들었다.

고오오오오!

마치 대기가 우는 듯했다. 일존의 신형에서 눈에 확연히 보이는 기운이 흘러나오며 안개처럼 그를 감쌌다.

거대한 압력이 사방을 짓눌렀다.

그러더니 무너진 전각의 잔해가 허공으로 떠오르기 시작했다.

일존이 차갑게 말했다.

"진정한 하늘을 보여주마!"

긴장감이 짙어지는 그때, 일존을 향해 하나의 구체가 폭사했다. 일존이 자신에게 쏘아져 오는 것을 바라보자 그 구체가 지척까지 다가오다가 속도를 줄이며 이내 멈췄다.

"으음……."

일지의 수급이었다. 그 수급이 땅으로 떨어져 굴렀다.

폭혈도가 숲 언저리의 나무 꼭대기에서 외쳤다.

"꼭 초식의 심오함을 모르는 것들이 내공 많다고 자랑해요. 그런다고 쫄 줄 아냐?"

빠득.

일존이 어금니를 깨물었다.

지금 폭혈도의 말은 그의 자존심에 생채기를 냈다. 왜냐하면 일존과 취존을 비교할 때 종종 나오는 말이었기 때문이다.

내공은 일존, 초식은 취존이라고.

폭혈도가 재우쳐 말했다.

"물론 내공과 초식의 조화가 중요하지. 하지만 내가 존경하는 최고, 최강의 무인께서 늘 이런 말씀을 하셨지. 진정한 고수가 되려면 초식에 대한 이해가 우선이라고. 내공은 거들 뿐."

"건방진 놈, 예의를 가르쳐 주마!"

폭혈도가 나무에서 뛰어내리며 대꾸했다.

"나는 죽음이 뭔지 알려주지!"

순간, 일존의 양손이 밑으로 떨어졌다.

부아아아아앙!

그것은 사람이 만들어낸 폭풍이었다. 떠 있던 수천여 개의 잔해물이 암기가 되어 허공을 찢어발겼다.

폭혈도가 달리던 걸음을 멈추더니 뒷걸음질 쳤다.

"어? 이, 이건 아니잖아!"

2

조전후, 서언, 원풍 등 연무장에 있던 정파인들 중에서

고수라고 불릴 만한 이들이 담벼락을 넘으려다 멈췄다.

일존이 양손을 들어 올리자 떠오르는 전각의 파편들과 대기를 감도는 거대한 압박감.

조전후가 침을 꼴깍 삼키고 서언에게 말을 건넸다.

"힘들게 싸웠으니 잠깐만 쉽시다."

서언은 입술을 꾹 깨물고 대꾸 없이 일존을 노려보았다. 원풍 역시 걱정스러운 기색으로 낭왕을 보며 침묵했다.

돕고 싶었다.

그러나 저런 초고수들 간의 대결에 자신들이 휘말리면 제 몸 간수하기도 어려워진다. 그것은 바로 아군을 더 어렵게 만드는 일이 될 테고.

조전후는 부상당한 허벅지를 천으로 다시 꽉 매고 말했다.

"제길, 왜 대답들을 안 하는 거요?"

그는 방금 등장한 폭혈도가 호기롭게 말하는 것을 보며 주먹을 움켜쥐었다.

"그럼 까짓거, 갑시다. 천 공자도 죽은 마당에 뭐가 두렵겠소."

조전후가 진짜 담 위에서 뛰어내리려 하자 서언이 옆구리를 붙잡았다.

"잠깐."

"뭐요? 단주, 겁먹었소?"

서언의 이맛살이 찌푸려졌다. 그러나 그는 담담하게 말했다.

"아까 내 수하가 봤는데, 어쩌면 천 공자가 아직 살아 있을 수도 있다고 했습니다."

그 말에 조전후의 눈이 커졌다.

"진짜요?"

원풍도 재우쳐 물었다.

"사실입니까?"

서언이 입술을 여짓대다가 대꾸했다.

"그 녀석이 부상을 당해 숲으로 피해 있었는데, 검봉 일행이 천 공자를 업고 계단을 올라가는 것을 봤다고 했습니다. 그 녀석이 몽골 출신이라 눈이 매우 좋은 편이니 믿을 만합니다. 물론 확신할 수는 없지만……."

조전후가 갑자기 눈물을 그렁거리며 연무장으로 다시 돌아 뛰었다.

얼떨결에 같이 연무장으로 내려선 서언과 원풍이 조전후를 보았다. 조전후가 소매로 눈가를 훔치며 씩 웃었다.

"그럼 살아야죠. 천 공자가 살아 있다면……."

"……."

"뭐, 저런 고수들 사이에 우리가 껴봐야 큰 도움도 안 될 테고."

서언과 원풍은 서로 마주 보다가 피식 웃었다.

가끔 야차검 조전후가 겁쟁이란 말을 하는 사람들이 있다. 하지만 한 가지만큼은 확실했다.

이 사람에게 천류영이란 두려움도 잊게 만드는 존재라고. 방금 전까지 연무장에서 가장 뜨겁게 뛰어다니며 싸운 사람이 바로 이 사람이니까.

그리고 그것으로 충분했다.

조전후가 갑자기 풀이 죽더니 푸념했다.

"독수 어르신…… 심심하시겠네."

"……?"

"아까 돌아가신 얼굴 보니까 웃고 계시더라고. 아마 천 공자와 함께 저승길 동무한단 생각에 그렇게 웃으신 것 같던데. 나도 그럴 생각으로……."

순간, 조전후의 눈동자가 흔들렸다.

담벼락 너머에서 무지막지한 힘이 느껴졌다. 살갗에 소름이 돋을 정도였다.

살아남은 백이십여 정파인들이 숨을 들이켜며 담 안쪽을 보았다.

서언이 급히 말했다.

"여기도 안심할 수 없습니다. 숲으로 피해야 해요."

연무장 건너편 숲.

이미 삼십여 부상자들이 그쪽으로 옮겨진 상태였다. 물

론 아직 사망자까지는 수습하지 못했고.

모두가 뛰었다. 그렇게 연무장을 가로지르며 고개를 돌려 바라보았다.

"세상에!"

원풍이 충격에 젖은 어조로 신음했다. 아니, 그뿐 아니라 모두가 경악했다.

대체 내공이 얼마나 깊으면 저런 광경을 만들어낼 수 있단 말인가.

폭풍이 몰아쳤다. 그 여파로 멀쩡하던 전각 하나가 눈에 띄게 흔들리며 기울어졌다.

콰콰콰콰, 콰아아앙!

폭음이 연이어 터졌다.

조전후가 중얼 거리듯이 말했다.

"풍운 녀석 괜찮을까? 잠깐 봤지만, 어깨에 부상을 입은 것 같던데."

서언이 말을 받았다.

"괜찮을 겁니다. 동정호에서 다른 천존을 상대해 봤다고……."

조전후가 고개를 저으며 말을 끊었다.

"차원이 달랐잖습니까, 예전에 우리가 상대한 십지와 오늘 십지는. 천존도 그런 것 같아서."

서언은 입술을 깨물었다가 답했다.

"저분들로 안 된다면 우리들도 나서야죠. 천 공자가 빠져나갈 시간을 벌어야 하니까 죽음으로 막아야죠."

이미 사전에 조율한 내용이었다.

천 공자를 확보하면 검봉 일행이 먼저 빠져나가기로.

조전후가 입술을 툭 내밀었다.

"천 공자 살면 나도 살고 싶은데……."

그 말에 서언과 원풍이 쓴웃음을 깨물었다. 굳이 대꾸하지는 않았지만, 자신들도 조전후와 같은 심정이었다.

천류영과 함께 전장에 서고 싶고, 또 그가 꿈꾸는 세상을 어떻게 펼쳐 나갈지 가능한 오래오래 보고 싶은 게 솔직한 속내였다.

*　　　*　　　*

무리하면서까지 거대한 인공 폭풍을 일으켜 상대의 몸을 피하게 만든 일존이 가장 먼저 노린 건 풍운이었다.

이 애송이가 구사하는 초극쾌.

이건 정말이지 결코 무시할 수 없었다. 아무리 자신이라도 찰나의 순간에 목이 날아가거나 심장에 칼이 박힐 위험이 있었다.

쇄애애액.

일존이 이형환위로 움직여 풍운을 향해 검을 내리꽂았다.

쇄애애액. 쩡!

풍운은 폭풍을 피해 뒤로 몸을 물렸다가 갑자기 나타난 일존의 검을 받아쳤다. 그러고는 곧바로 공세로 전환하려다가 눈을 치켜떴다.

일존의 검에 휘황찬란한 황금빛 강기가 어리더니, 그야말로 폭포수처럼 쏟아져 내렸다.

"으으으……."

풍운의 검이 벼락처럼 움직였다.

찰나의 순간, 수백 번도 넘게 허공을 가로지르는 그의 검.

검이 펼칠 수 있는 최고의 수비세, 검막이 풍운의 앞을 둘렀다.

퍼퍼퍼퍼퍼퍼퍼퍼어어엉!

풍운의 안색이 하얗게 질려갔다.

황금빛 강기에 어린 힘이 상상 이상이었다.

주르르르륵.

검막을 펼치는 풍운의 몸이 연신 뒤로 미끄러졌다.

파파팟!

다른 사람도 아닌 풍운이 펼치는 검막인데, 그 검막을 뚫고 몇 개의 강기가 안으로 파고들었다. 기본에 충실한 자세라 사혈 같은 급소는 피했지만, 팔뚝과 허벅지가 찢겼다.

"으아아아아!"

이 빌어먹을 악당은 왜 이리 강한가!

그야말로 소낙비처럼 들이치던 강기가 조금 잦아들었다. 하지만 풍운은 한숨을 돌리지 못했다.

곧바로 폭사해 오는, 어른 얼굴 크기만 한 구형의 강기!

피하고 싶지만, 검막을 펼치던 와중이라 자리를 뜰 수가 없었다. 그랬다가는 기혈이 진탕되어 내공을 제대로 쓸 수가 없을 테니!

콰아아아앙!

구형의 강기가 검막과 충돌했다.

"커흐흑!"

풍운의 입이 벌어지고 핏물이 튀어나왔다. 그뿐 아니라 몸이 경련을 일으키며 마비되었다. 팔도 멈췄으니, 검도 움직이지 않았다.

일존의 노호성이 터졌다.

"죽어라, 애송아!"

그의 진검이 풍운의 가슴을 쓸어왔다.

"끄으으윽!"

풍운이 진저리를 치며 내공을 폭발시켰다.

쇄애애액!

가까스로 상체를 젖힌 풍운의 눈에 서릿발 같은 일존의 칼이 지나갔다.

풍운은 그 검이 곧바로 방향을 트는 것을 본능적으로 감지하며 몸을 비틀었다.

휘리리릭. 파아앗!

풍운의 몸이 빙글 도는데, 일존의 검이 덮쳐 왔다.

서걱!

"제기라알!"

풍운은 무리하게 내공을 폭발시켜 기혈이 진탕될 기미를 보였지만, 덕분에 몸의 마비는 완전히 풀렸기에 발로 땅을 힘껏 박찼다.

극성의 이형환위로 몸을 빼낸 풍운이 손으로 자신의 뒤통수를 만졌다.

사라졌다.

자신의 몸에서 가장 정성스레 다루던 부위.

꽁지머리가.

일존이 이를 바드득 갈았다.

"이 미꾸라지 같은 놈!"

그가 다시 풍운을 향해 쇄도하려다가 허리를 틀어 검을 후려쳤다.

쩌엉!

풍운과 가장 가까운 곳에 있던 할아버지, 풍곽이 급히

달려온 것이다. 물론 조금 늦었지만, 다행히 풍운은 위기를 모면했다.

하지만 반대로 풍곽에게는 위기였다. 일존의 검과 충돌한 풍곽이 아연한 얼굴로 입을 쩍 벌렸다.

지금껏 일존과 수십 번 칼을 마주쳤다. 그런데 이렇게 패도적이고 강력한 힘이라니!

마치 검강으로 후려친 것 같았다.

아니, 검강이라도 이렇게까지 검이 무겁진 않다.

무슨 검법인지는 모르겠으나, 가히 중검(重劍)의 정점이라 할 만했다.

풍곽의 몸이 뒤로 팽개쳐지듯 이 장여 날아가다가 땅에 곤두박질쳤다.

"쿨럭!"

곧바로 몸을 일으키며 자세를 수습하던 그가 기침을 하다가 어금니를 깨물었다.

허공을 가로질러 자신의 반 장 앞까지 다가온 일존.

쇄애액! 서걱!

"끄으윽!"

풍곽이 신음을 흘렸다. 몸을 뒤틀어 검을 흘린다고 흘렸는데, 옆구리가 베였다.

퍼억!

풍곽은 아랫배에서 이는 고통에 입을 쩍 벌렸다.

창자가 갈가리 찢겨지는 듯한 고통.

쇄애액, 파아앗!

그를 구하기 위해 낭왕과 귀혼창이 박도를 휘두르고, 장창을 뻗었다.

무애검을 천류영에게 넘긴 낭왕은 예비로 가지고 있던 박도로 일존의 허리를 쓸었고, 귀혼창은 등을 노렸다.

일존이 조소했다.

"가소로운 것들!"

그의 신형이 팽이처럼 돌더니 허공으로 떠올랐다.

쩌쩡!

박도와 장창이 튕겨 나갔다.

그러더니 일 장여 허공에서 회전하는 일존으로부터 황금빛 강기가 사방으로 폭사했다.

퍼퍼퍼퍼퍼어엉!

낭왕과 귀혼창이 박도와 창을 휘둘러 강기를 튕겨냈고, 어느새 다가온 풍운이 풍곽을 뒤로 빼내며 피했다.

귀혼창이 빽! 소리 질렀다.

"형님! 뭐합니까?"

가장 멀리 떨어져 있던 폭혈도가 달려오며 혀를 내둘렀다.

"너희들, 이런 괴물하고 지금껏 싸운 거냐?"

"나도 지금 처음 붙습니다."

"그럼 정파인들이 저자를…… 와!"

퍼퍼퍼퍼퍼어엉!

쏟아지던 강기 세례가 멈췄다. 그리고 일존도 회전을 멈추고 허공에서 입을 열었다.

"마지막 기회를 주지!"

"……."

"지금이라도 내 제안을 받아들이면 살려주마."

폭혈도가 물었다.

"뭔 제안?"

낭왕이 호흡을 고르고, 귀혼창은 숨을 헐떡이며 일존을 노려보았다. 잠깐의 충돌이었음에도 상당한 피로감이 몰려들었다. 풍운은 풍곽을 숲속으로 옮기기 위해 자리를 뜬 상태.

아무도 대답해 주는 사람이 없자 폭혈도가 다시 물었다.

"무슨 제안이냐니까?"

귀혼창이 푸석푸석한 목소리로 대꾸했다.

"폭혈도 형님을 십지 중 막내로 받아주고, 검봉과 수화를 제 여자로 만든다고 했소."

일존이 황당해하는 가운데 폭혈도가 윽박질렀다.

"이 미친 또라이 새끼!"

폭혈도가 일존을 향해 섬전처럼 쇄도했다.

낭왕도 기가 막힌 얼굴로 귀혼창을 흘낏 보았다. 그러자 귀혼창이 전음으로 말했다.

[폭혈도 조장이 맷집은 강하니까, 그걸 살려 합격합시다. 내가 왼쪽을 맡겠소.]

즉, 폭혈도가 정면을, 그리고 낭왕에게는 우측을 맡아 달라는 제안이었다.

지이이이잉!

폭혈도의 붉은 환도에서 수십여 개의 검기가 먼저 폭사했다. 하지만 그 검기는 일존의 몸 근처에 다가가자 호신강기에 막혀 터져 버렸다.

퍼퍼퍼퍼퍼어어엉!

부아아아앙.

환도가 허공에 떠 있는 일존의 무릎을 쓸어가는 순간, 폭혈도가 얼굴을 구겼다.

일존이 허공에서 뒤로 쑥 물러나더니, 곧바로 귀혼창을 덮쳤다.

"건방진 놈, 네놈은 지금 이게 장난으로 보이냐?"

슈아아앗.

일존의 왼손에서 수영(手影)이 피어나더니 귀혼창을 후려쳤다.

콰아아앙!

귀혼창이 창을 빠르게 휘저어 수영을 제거했다. 하지만

곧바로 들이닥친 일존의 검이 장창의 가운데를 갈랐다.

슷.

그야말로 두부가 베어지듯 너무 쉽게 동강 나버리는 장창.

그리고 거의 동시에 일존의 발이 안으로 파고들었다.

콰직!

"끄윽!"

귀혼창이 신음을 삼키며 뒤로 나동그라졌다. 그는 일부러 몇 바퀴를 더 빠르게 굴러 혹시 있을 연격을 피하고는 급히 몸을 일으켰다.

"퉤!"

귀혼창이 침을 뱉자 목구멍으로 올라온 핏물이 가득 튀어나왔다.

일존은 자신을 쫓아오지 않았다. 낭왕이 공격해 들어간 것이다.

폭혈도가 귀혼창을 향해 외쳐 물었다.

"괜찮나?"

"잘 좀 해요!"

"성질부리는 거 보니 괜찮구만."

"형님, 까딱하다간 우리 여기서 다 죽소. 장난칠 때가 아니란 말이오!"

폭혈도가 작은 눈을 치켜뜨며 피식 웃고 전음을 보냈

다.

[사실, 나도 겁나서 그래. 여기서 죽기는 아쉬운데. 이놈, 진짜 세네.]

"……!"

[그렇다고 저 빌어먹을 놈에게 겁먹은 모습을 보일 순 없잖아.]

그 전음을 날리며 폭혈도가 일존에게 쇄도했다.

낭왕은 최대한 호신강기를 끌어 올리고 쏟아지는 강기 세례 중 중요한 것만 튕겨내며 전진했다.

펑펑펑펑펑펑!

일존의 눈에 이채가 스쳤다.

낭왕의 내공이 이 정도였나?

이놈도 자신처럼 조금 전까지 전력을 다하지 않은 것이다.

호신강기를 끌어 올리면서 공격해 올 정도면 절대고수의 수준에 근접했다는 의미다.

자신이야 이유가 있지만, 낭왕은 왜 그랬을까?

일존의 검에 다시 얼굴 크기만 한 강기가 맺혔다. 그걸 본 낭왕과 폭혈도가 전진을 멈추고 거리를 벌렸다.

일존이 낭왕에게 물었다.

"너, 실력을 다 드러내지 않았군. 이유가 뭐냐?"

그 질문에 폭혈도가 고개를 끄덕이며 낭왕의 옆얼굴을

흘낏 살폈다.

자신이 낭왕을 처음 본 건 삼 년 전 사천성에서다.

그때, 초지명 흑랑대주와 일기토를 벌인 낭왕.

당시와 비교하면 그야말로 비약적으로 실력이 높아졌다. 특히 공력 수준이.

낭왕의 실전 초식 운용이야 워낙 유명하지만, 이렇게까지 내공이 깊지는 않았는데…….

그때, 낭왕이 일존을 노려보며 입을 열었다.

"내가 반드시 죽여야 할 놈이 있는데, 너는 그놈을 상대하기 전에 좋은 연습 상대니까. 그래서 죽이기 전에 밑천까지 보려고."

"……!"

일존이 기함하며 말문을 잃었다. 폭혈도가 황당해서 부지불식간에 욕설을 내뱉었다.

"미친!"

일존이 노염으로 얼굴을 부들부들 떨며 일갈했다.

"갈! 노부가 네 연습 상대라고?"

일존의 뇌리에 낭왕이 자신에게 던졌던 질문이 생각났다.

"너, 취존을 상대하기 전에 나를……."

낭왕이 대꾸 없이 고개를 끄덕였다. 그러자 일존의 신형에서 거대한 기운이 확 퍼져 나왔다.

폭혈도가 당황하며 낭왕에게 외쳤다.

"굳이 저놈을 더 자극할 필요가……."

낭왕이 차갑게 미소 지으며 말을 끊었다.

"절대고수고 무신지경이고 간에 육체는 결국 인간의 것. 무한한 내공은 없소."

"……."

"저자는 지금 무리하고 있소. 우리의 전의를 꺾기 위해서. 그만큼 우리를 경계하고 있다는 뜻이오."

폭혈도가 아연한 얼굴로 낭왕을 흘낏 보고 피식 웃었다.

"크허허, 배포 좋구려."

"……."

"나중에 우리 흑랑대주 만나면 살살 하시오."

"그때까지 내가 살아 있다면."

"……!"

일존이 노호성을 터트리며 달려들었다.

"건방진 놈, 죽여주마!"

낭왕이 차분한 얼굴로 대꾸했다.

"아직은 못 죽는다."

천 공자에게 그렇게 혹독한 고문을 가한 취존을 죽이기 전까진.

이곳에서 천 공자를 처음 봤을 때, 나락으로 떨어지던

내 마음을 너희들이 어찌 알까.

굳은 얼굴의 낭왕이 일존을 향해 마주 달렸다.

그러자 폭혈도가 뒤따랐고, 귀혼창도 움직였다. 또한 풍운도 숲에서 나왔다.

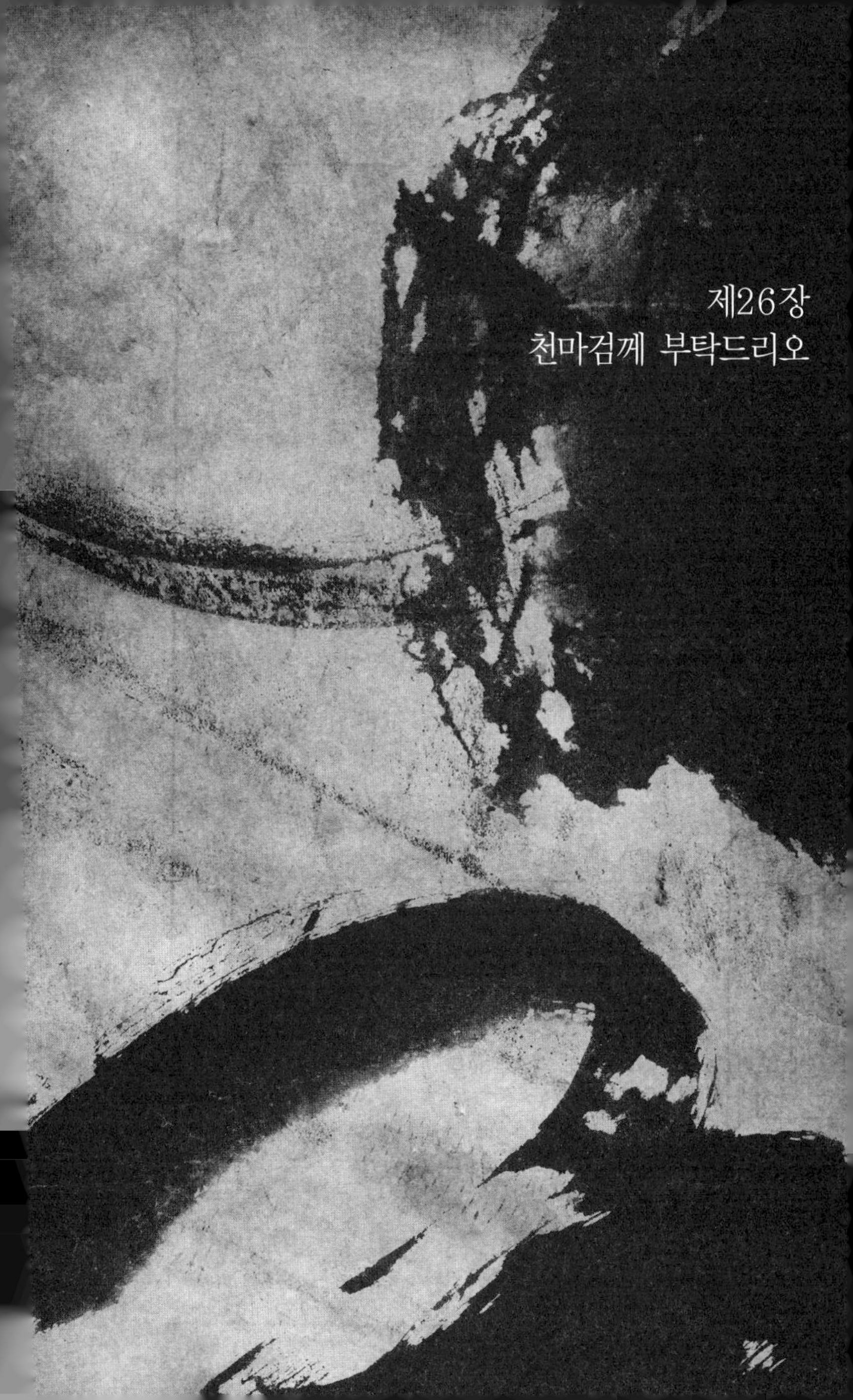

제26장
천마검께 부탁드리오

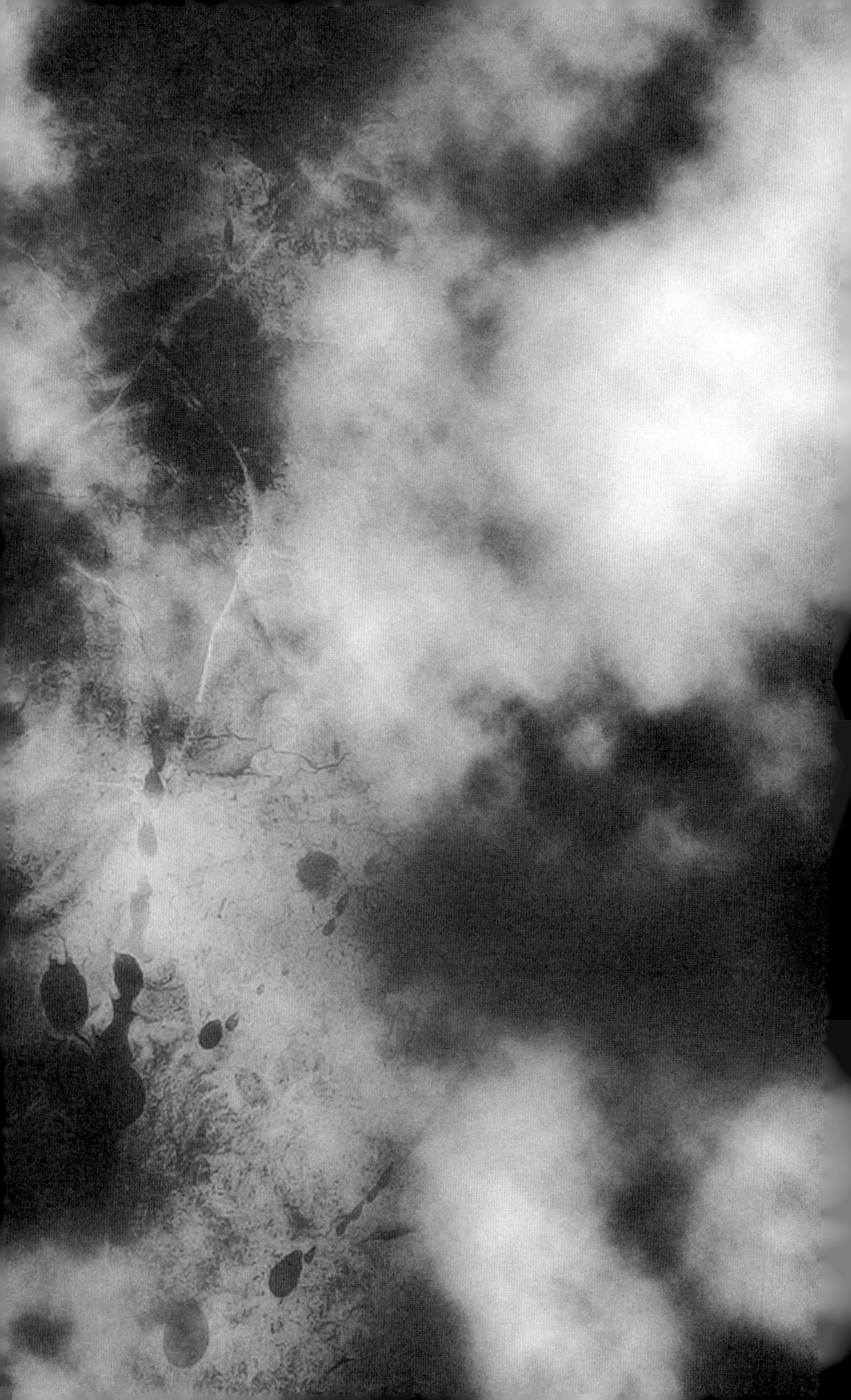

1

일월대를 한눈에 내려다볼 수 있는 일월봉의 정상.

천류영을 안고 이동하던 팽우종을 하유가 불러 세웠다.

"잠깐, 잠깐만요."

팽우종은 거칠어진 호흡을 고르며 멈춰 섰다.

사방이 확 트여 있는 봉우리 정상은 환했다. 그리고 그곳에서 내려다보는 광경은 장엄하다는 표현이 어울릴 정도로 대단했다.

안개구름이 곳곳의 봉우리를 따라 하늘로 치솟고 있었고, 음지와 양지가 선명하게 갈려 있는 녹음은 경탄을 자아내게 할 만했다.

하지만 이곳에 있는 어느 누구도 한가하게 경치를 즐길 여유가 없었다.

하유가 팽우종 옆으로 붙어 천류영의 파리한 안색을 살피더니, 곧바로 손목을 잡아 진맥했다.

독고설이 침을 삼키고 물었다.

"무슨 문제라도?"

하유는 대꾸 없이 눈을 감은 채 천류영을 진맥하는 데 몰두했다. 그렇게 잠깐의 시간이 지나고, 마침내 하유가 입을 열었다.

"급한 불은 껐지만 천 공자는 여전히 위중한 환자, 살아날 확률이 아직도 낮아요. 그런데 이렇게 계속 몸이 흔들리는 건 좋지 않죠. 일단 저기 평탄한 곳에 천 공자를 눕히세요."

독고설의 표정이 굳었고, 팽우종은 하유가 시키는 대로 움직였다.

하유는 수통을 꺼내 천을 냉수로 적신 뒤, 천류영의 이마에 놓았다. 그러고는 품속에서 다시 침통을 꺼내 들며 말했다.

"싸움에 휘말릴 위험 때문에 무리해서 움직인 것이 화근이었어요. 상태가 악화된 건 아니지만, 역시 좋지 않아요."

팽우종이 당황하며 대꾸했다.

"최대한 조심스럽게 움직였는데……."

하유가 침을 천류영의 몸에 꽂으며 말을 받았다.

"알아요. 하지만 지금 천 공자의 몸 내부는 격렬한 풍랑이 몰아치고 있는 상태예요. 솔직히 말도 안 되는 의지로 버티고 있는 중이죠. 그러니 몸이라도 안정을 취하게 해서 천 공자가 홀로 치르고 있을 싸움을 도와야 해요."

독고설과 팽우종이 서로를 마주 보며 입술을 깨물었다. 하유의 말대로라면 이제 자신들이 천류영을 데리고 먼저 빠져나가는 것은 불가능했다.

만약 산 밑의 동료들이 천존을 제압하는 데 실패한다면?

초조하고 불안했다.

하지만 지금 그들이 달리 할 수 있는 건 없었다.

천류영이 종종 말하듯, 동료를 믿을 수밖에.

하지만 천류영이 또 자주 말하는, 최악을 대비해 자신들은 무엇을 할 수 있을까?

무력감에 한숨부터 나왔다.

없다.

자신들이 할 수 있는 것이 아무것도.

천류영이 깨어 있다면 분명 어떤 길을 제시해 줄 수

있을 텐데.

독고설도 그렇지만, 팽우종은 다시 절절하게 깨달았다. 무림인으로서 힘이 가장 중요한 덕목이라고 생각했는데, 그것이 얼마나 오만한 착각이었는지를.

독고설은 자신이 쥐고 있는 무애검을 내려다보고는 하유에게 물었다.

"다시 이 검을 쥐게 하는 건 어떨까요?"

그녀의 제안에 하유가 쓰게 웃고는 고개를 저었다.

"잘은 모르겠지만, 그 귀검(鬼劍)도 아까 가진 힘을 모조리 소진한 것 같아요."

"……."

"어쨌든 우리는 할 수 있는 최선을 다했어요. 이젠 천 공자 스스로 이겨내길 기다리면서 최소한의 도움을 주는 것밖에 남은 방법이 없어요."

팽우종이 물었다.

"천 공자는 깨어날 수 있겠죠?"

하유는 질문을 던진 팽우종과 간절히 긍정의 답을 기다리는 독고설을 번갈아 보고는 묘한 한숨을 내쉬었다.

"후우우, 미안하지만 긍정도, 부정도 할 수 없어요. 그래도 한 가지는 장담할 수 있어요."

"……?"

"이 역경을 버텨내고 살아난다면, 천 공자는…… 앞

으로 내공이 부족해서 싸움에 지는 일은 거의 없을 거예요."

"……!"

독고설과 팽우종이 놀라서 눈을 휘둥그레 떴다. 하유가 빙그레 웃었다.

"예, 내공은 최소한 절정고수만큼 가지게 될 거예요. 그리고 환골탈태의 수준까지는 아니더라도 몸에 있는 화상 같은, 고문당한 흔적은 상당 부분 지워질 가능성이 높고요. 물론 살아야 한다는 어려운 전제가 붙지만……."

공력이 절정고수만큼이라면?

천류영의 전체적인 수준은 일류를 넘어 초일류 무사가 될 수도 있을 것이다. 그리고 그건 대방파 인근만 아니라면 어디에서라도 어깨에 힘 좀 줄 수 있는 고수라는 뜻이다.

당장 이곳에 있는, 강호에서 유명한 후기지수인 독고설은 특급까지 올라섰고, 팽우종이 초일류와 특급 사이였다. 그런 것을 감안하면 무림에 들어온 지 삼 년이 조금 넘은 천류영으로서는 엄청난 성취라고 할 수 있었다.

독고설이 힘주어 대꾸했다.

"천 공자는 살아날 겁니다!"

하유가 고개를 끄덕였다.

“예, 그러길 바라요. 그래야 이 사람을 살리기 위해 치르는 많은 희생이 퇴색되지 않을 테니까요.”

하유는 입술을 꾹 깨물었다가 독고설과 팽우종을 보며 말을 이었다. 이곳까지 오면서 내내 가슴 한 켠에 자리 잡고 있던 궁금증을.

“기분 나쁘게 들릴지 모르겠지만, 이 사람이 정말 이렇게까지 하면서 살릴 가치가 있는 사람이었으면 좋겠네요. 위험에 빠진 절강 분타를 두고 나와야 했을 뿐만 아니라, 이곳에서도 많은 사람들이 죽어가고 있어요. 이 한 사람을 살리기 위해서.”

예상하지 못한 얘기였는지 독고설이 당황하는 표정을 지었다. 하지만 팽우종이 차분하게 대꾸했다.

“천 공자가 아니었다면 절강 분타뿐만 아니라 이곳에 있는 대부분의 사람들은 이미 예전에 죽었을 겁니다.”

“…….”

“천 공자는…… 패왕의 별이 될 사람입니다.”

“……!”

“천 공자는…… 지금까지 그래왔듯 앞으로도 셀 수도 없이 많은 이들을 구하게 될 겁니다.”

하유는 눈을 치켜떴다가 이내 어깨를 으쓱하며 소리 없이 미소 지었다.

하유에게 패왕의 별은 천마검 백운회였기에.

하지만 지금 이들에게 딴죽을 걸 수는 없기에 고개를 끄덕였다.

"그렇군요. 당신들이 그렇게 믿고 있다면, 그것만으로도 충분한 가치가 있는 거겠죠."

하유의 손이 바삐 움직이며 천류영의 몸에 침을 꽂아 넣었다.

*　　　*　　　*

콰아아앙!

폭음이 터지며 폭혈도가 뒤로 날아갔다.

"으아아아아!"

비명을 지르는 폭혈도의 입에서 검붉은 핏물이 튀어나왔다.

쿵!

땅에 처박히다시피 떨어진 폭혈도가 벌떡 일어서며 한차례 몸을 부르르 떨고는 이를 박박 갈았다.

"제길! 진짜 강하단 말이지!"

도저히 이길 수 없을 것 같은 괴물.

누군가와 싸우면서 이렇게까지 일방적으로 당하는 건 천마검 대종사 이후로 처음이었다.

그가 다시 발을 내디디려는데, 귀혼창이 자신의 앞으로 날아왔다. 폭혈도가 황급히 귀혼창을 양손으로 받으며 외쳤다.

"힘 좀 내라고!"

귀혼창이 고통으로 오만상을 쓰며 폭혈도의 품에서 빠져나왔다. 폭혈도가 재우쳐 말했다.

"이래서야 천랑대의 체면이 서질 않는다고."

그의 말마따나 낭왕과 풍운의 활약이 그들보다 두드러졌다. 자신들처럼 종종 얻어맞는 데도 불구하고 크게 물러나지 않았다. 뭐, 아무래도 복수심이 자신들보다 훨씬 강하기 때문일 것이다. 어쨌든 덕분에 자신들은 지금처럼 한숨 돌릴 시간이 생겼지만.

귀혼창이 고개를 끄덕이며 눈을 빛냈다.

"그럴 수는 없죠."

폭혈도나 귀혼창 같은 무인에게 있어 자존심이란 생사보다 더 중요하다. 폭혈도가 앞으로 달려 나가려는데 귀혼창이 팔을 붙잡았다.

"형님, 이런 방식으로는 어렵소."

폭혈도가 눈살을 찌푸리며 대꾸했다.

"그래서 튀자고? 정파인들 싸움이니까?"

귀혼창이 이번 구출행을 탐탁지 않아 한다는 것을 이미 알고 있던 폭혈도가 짜증스럽게 물었다.

하지만 귀혼창이 고개를 저으며 대꾸했다.

"아니, 이젠 물러설 수 없소. 형님 말대로 우리 천랑대의 자존심이 달렸으니까."

폭혈도의 작은 눈에 이채가 스쳤다. 귀혼창이 인상은 더러워도 겉모습과 달리 나름 머리를 잘 굴리는 것을 익히 알고 있었기에.

"뭐, 좋은 방법이라도 있냐?"

귀혼창은 입가에 흐르는 피를 소매로 닦으며 침묵했다. 폭혈도가 초조한 기색으로 낭왕과 풍운을 보면서 거듭 재촉했다.

"시간 없다. 가뜩이나 내력도 슬슬 바닥을 보이는데, 저러다 낭왕과 풍운이 죽기라도 하면 답이 없어. 좋은 방법 있냐고?"

귀혼창이 낮게, 혼잣말처럼 말했다.

"저놈 싸우는 방식…… 퉤."

귀혼창이 말을 하다가 침을 뱉었다. 그러자 피가 섞여 붉어진 침 사이로 하얀 이가 하나 튀어나왔다.

폭혈도는 안쓰러운 얼굴로 땅에 떨어진 귀혼창의 이를 보았다. 하긴 이 하나 정도야 지금 귀혼창의 부상을 보면 아무것도 아니었다. 오른쪽 팔뚝이 갈라지다 못해 허연 뼈가 슬쩍 보일 정도였으니까.

중상이다.

그러나 점혈로 과하게 피가 쏟아지는 것만 일시 봉합한 상태. 이런 식으로는 얼마 버틸 수가 없다.

"싸우는 방식?"

"물 흐르듯 자연스럽게 움직이는데, 공력이 엄청나서 막을 수가 없소. 막아봤자 튕겨 나가고…… 그러니까 억지로라도 상대의 흐름을 끊고 그 틈에서 기회를 포착해야 하는데……. 그러니까 누군가 한 명이 어느 정도의 부상을 감수하고……."

귀혼창이 말꼬리를 흐리고는 폭혈도를 흘낏 보다가 고개를 저었다.

"아니, 됐소."

"잉? 뭐야? 너 설마 아까처럼 맷집 좋다고 나를 앞세우려는 거야? 그거, 저놈한테는 안 통한다고."

폭혈도가 볼멘 목소리로 이맛살을 찌푸리자 귀혼창이 실소로 대꾸했다.

"그러게 말이오."

그는 쥐고 있는 단창을 내보이며 말을 이었다.

"어쨌든 나는 이 단창만으로는 큰 도움을 주지 못하오. 장창 좀 구해오겠소."

숲속으로 몸을 피한 정파인들 중 창을 쓰는 사람이 몇 명 있었다. 그들에게 장창을 빌려오겠다는 뜻이다. 아니면 연무장의 시신들 사이에 떨어진 창을 주워오겠다는 말일 수도 있고.

폭혈도가 찰나 어이없다는 표정으로 귀혼창을 쏘아보다가 한숨을 내뱉고 말했다.

"빨리 와라."

"알겠소."

"나 죽기 전에 와."

그 말을 끝으로 폭혈도가 앞으로 달려 나갔다. 그런 그의 뒤통수의 살점이 뭉텅 사라져 있었다. 그 뒷모습을 본 귀혼창이 어금니를 깨물고 몸을 돌렸다.

슈가가갓!

풍운의 검이 일존의 머리를 향해 파고들었다.

초극쾌.

눈으로도 쫓을 수 없는 빠름.

그런데 그 빠름에 변화까지 담겼다. 가공할 속도로 짓쳐 들던 풍운의 검이 도중에 머리에서 가슴으로 방향을 틀었다. 그만큼 풍운의 손목과 팔, 그리고 어깨에 가해지는 압박은 상당했다.

피윳, 피윳.

풍운의 왼쪽 어깨에서 핏줄기가 솟구쳤다.

하지만 그는 이를 악물고 검을 휘둘렀다.

쩡!

회심의 한 수였지만, 일존은 풍운의 검을 가볍게 후려쳤다. 동시에 횡으로 휘둘러진 검을 자연스럽게 옆으로 이동시키며 낭왕의 박도를 막았다.

쨍!

퍼퍼퍼퍼퍼어어엉!

풍운과 낭왕의 칼에서 쏟아지는 검기와 도기가 일존의 몸을 강타했다. 그러나 여전히 호신강기에 막히며 터져 나갔다.

파직!

“크!”

낭왕이 옆구리를 일존의 발에 얻어맞고는 신음과 함께 옆으로 미끄러졌다. 하지만 왼발에 힘을 주며, 그 발을 축으로 빙글 돌았다.

파라라라, 쇄애애액!

소름 끼치게 빠른 선풍각(旋風脚).

그의 돌려차기가 일존의 얼굴을 쓸어갔다. 하나 일존은 고개를 살짝 뒤로 젖히며 낭왕의 발을 피하는 동시에 다시 달려든 풍운의 검을 쳐냈다.

쩡!

풍운이 밀리지 않고 일존의 지척에서 자리를 잡았다. 그러더니 그의 신형이 회전을 시작했다.

부우우웅.

그 폭풍 같은 회전 속에서 셀 수도 없는 강기가 줄기 줄기 뻗어 나왔다.

회선무(回旋武).

풍운이 가진 무공 중 내공 도둑이라 일컬어질 만큼 많은 공력을 필요로 하는 무공. 풍운은 내력이 다 떨어지기 전에 승부수를 띄운 것이다.

회전하는 풍운이 딛고 있는 땅이 움푹 파였다.

회선무와 강기.

일존도 감히 태만하지 못하고 검을 빠르게 움직였다.

콰과콰과콰아아앙!

일존이 펼치는 검막에 풍운의 강기가 연신 충돌했다.

일존의 검막에서도 강기가 배출됐다.

그리고 그 여파가 사방에 휘몰아쳤다.

강기의 파편과 돌멩이들이 돌개바람과 함께 멋대로 흩뿌려졌다. 폭혈도가 다시 합류하려다가 대경하며 몸을 빼냈다.

이 미친 격돌은 그 여파만으로도 주변의 사람들을 모조리 죽일 수 있을 만큼 가공했다.

"어?"

그 순간, 폭혈도가 눈을 치켜떴다.

낭왕 방야철.

그 역시 뒤로 물러나는 듯했다. 그런데 갑자기 몸을 앞으로 날렸다.

파파파팟.

낭왕이 호신강기로 몸을 보호하고 있다고는 하지만, 일존의 것에 비하면 수준이 떨어졌다.

순식간에 강기의 파편과 암기가 되어버린 돌멩이들이 낭왕의 몸을 덮쳤다.

"크으윽."

낭왕은 신음을 흘리면서도 강기의 폭풍을 뚫고 발을 내디뎠다.

그런 낭왕의 움직임에 일존의 눈동자가 흔들렸다.

'이 미친놈이!'

설마 계속 들어올까? 지금 놈의 몸이 버티질 못할 텐데?

쨍쨍쨍쨍쨍!

낭왕은 위험한 강기들을 쳐내면서도 전진을 멈추지 않았다.

파파파팟!

낭왕의 머리와 이마가 찢어졌다. 그의 우뚝한 콧날과 오른 뺨에서도 피가 흘렀다. 입고 있는 옷은 피 칠갑이 된 지 오래.

일존의 왼손이 어느새 지척까지 다가온 낭왕을 향했다. 그의 손에 황금빛 장영이 일렁이다가 쏘아지려는 찰나, 어느새 폭혈도가 몸을 띄워 덮쳤다.

"죽어라아아아!"

그의 환도가 벼락처럼 일존의 정수리를 향해 떨어졌다.

일존의 장영이 그런 폭혈도를 향해 폭사했다.

쇄애애액, 콰아앙!

"크흑."

폭혈도의 환도가 장영을 갈랐다. 하지만 그 장영에 담긴 힘이 워낙 가공해 폭혈도의 몸이 뒤로 튕겨 나갔다.

그때, 낭왕의 눈이 번뜩였다.

기회다. 하지만 몸을 움직일 수가 없었다. 특히 좀 전에 정통으로 얻어맞은 허벅지가 부들부들 떨리며 한계라고 아우성을 질러 댔다.

일존의 몸에서 퍼져 나오는 기운.

가공할 무형지기다.

낭왕은 자신의 몸을 거미줄처럼 옭아매는 그 기운에 숨이 턱 막혔다.

이건 정말이지 말도 안 되는 거다.

당최 내공이 얼마나 심후하면 이럴 수 있는 건가.

한 손으로 검막을 시전하면서 다른 손으로 장영을 내지르고, 그것도 모자라 이런 무지막지한 무형지기를 펼치다니!

그러나 낭왕은 기합을 내지르며 또 한 발을 내디뎠다.

"으아아아아!"

투드득!

허벅지 근육이 파열되는 것이 느껴졌다.

쇄애애액!

일존은 자신의 옆구리를 향해 쓸어오는 박도를 손으로 움켜쥐었다.

파직!

낭왕은 박도가 일존의 손에 막혔지만, 계속 힘을 주며 밀어 넣었다.

일존이 부르르 몸을 떨며 외쳤다.

"이놈들이! 다 죽여주마!"

순간, 일존의 전신에서 마치 태양처럼 눈부신 빛이 일었다. 그리고 그 기운이 폭발했다.

콰아아아아앙!

2

째애앵!

일존의 손에 잡혀 있던 박도가 산산조각 나며 깨져 나갔다.

"크으윽."

낭왕이 피 분수를 토하며 뒤로 주르륵 밀려났다.

풍운의 몸 역시 추풍낙엽처럼 뒤로 나동그라졌다.

다시 달려들던 폭혈도도 황금빛 폭발에 당해 나자빠졌다.

일존의 입에서 마침내 거친 호흡이 터졌다.

"헉헉, 헉헉헉……. 이 징글징글한 놈들, 네놈들이 노부로 하여금 금신폭렬술(金神爆裂術)을 쓰게 하다니."

일존은 부지불식간에 머리를 흔들었다.

준비도 없이 금신폭렬술을 시전한 후유증으로 현기증이 일었다.

그는 이곳에서 처음으로 불안감을 느꼈다.

이놈들은 벌써 차가운 바닥에 쓰러져 신음을 흘리고 있어야 했다. 죽지는 않더라도 그래야 정상이다.

그런데 낭왕은 여전히 서 있고, 풍운과 폭혈도라는 놈도 다시 일어서고 있었다.

놈들은 모두 피투성이.

그 피는 당연히 제 놈들의 피다. 몸의 수십여 군데가 찢기고 갈라졌음에도 불구하고 또다시 일어나는 저놈들을 보니 진저리가 처질 정도였다.
피곤이 가중되고 있었다.
이런 사태가 생길 줄 알았다면 전날 밤 계집에게 힘을 쓰지 말 것을.
일존은 방금 박도를 쥔 손을 펼쳐 보았다.
아리는 손바닥에 피가 흥건했다.
"흐흐흐흐, 이 버러지 같은 것들 때문에 내가 피를 보다니."
일존은 이를 갈며 진각을 밟았다.
파파파파파파아앙!
땅이 갈라지며 낭왕을 향해 충격파가 뻗어 나갔다. 낭왕이 마주 진각을 밟으려다가 신음을 흘렸다. 허벅지 근육이 파열돼서 다리에 제대로 힘이 들어가지 않았다.
콰아앙!
낭왕의 몸이 허공으로 일 장여 솟구쳤다가 떨어졌다. 낙법으로 몸을 구른 그가 일어서려다 비틀거렸다.
"헉헉, 헉헉헉……."
낭왕과 풍운, 그리고 폭혈도가 내뱉는 거친 호흡이 허공을 뜨겁게 했다.
일존이 입을 열었다.
"지금까지 버틴 것은 칭찬해 주마. 하지만 이제 끝내

야겠다, 이 지긋지긋한 놈들아."

그러면서 그 역시 절반 넘게 소진한 내공을 잔뜩 끌어 올리기 시작했다.

그때, 연무장으로 갔던 귀혼창이 돌아오면서 외쳤다.

"힘을 냅시다! 저 괴물도 지친 기색이 역력하오!"

폭혈도가 울상을 지으며 대꾸했다.

"우리가 더 지쳤다."

어지간해서는 적 앞에서 힘들다는 얘기를 하는 폭혈도가 아니다. 하지만 그는 정말 한계에 다다랐음을 절실하게 느끼는 중이었다.

박도를 잃어버린 낭왕이 주먹을 쥐며 말했다.

"어차피 돌아갈 길은 없소."

풍운이 검을 치켜들며 짧게 대꾸했다.

"정답."

낭왕의 말마따나 내공이 바닥난 상태라 도망갈 수도 없었다. 그랬다가는 추격하는 일존에게 허망하게 당할 테니.

지금 이곳에서 어떻게든 끝장을 봐야 했다.

폭혈도가 고개를 설렁설렁 흔들다가 앞에 떨어져 있는, 죽은 십지 중 하나의 것으로 보이는 검을 들었다.

"받으시오. 도가 아니라 검이지만."

낭왕은 폭혈도가 던져 준 검을 받으며 고맙다는 눈짓을 하고는 심호흡을 했다.

모두가 느낄 수 있었다.

천존이 남은 내공을 모두 끌어 올려 이번 공격을 마지막으로 끝내려 한다는 것을.

그가 준비를 마치기 전에 달려들어야 한다는 마음이 굴뚝같았지만, 몸 상태가 여의치 않았다. 그렇다면 일존이 넷 중 누군가를 향해 공격해 들어갈 때, 그 틈을 노려 반격하는 것이 낫다는 판단이 들었다.

마지막 충돌을 위한 잠깐의 소강상태.

그 무거운 분위기 속에서 귀혼창이 앞으로 발을 내디뎠다.

"내가 선공하겠소."

"……!"

폭혈도의 눈이 커졌다. 낭왕과 풍운의 눈동자도 흔들렸다.

지금껏 많은 격돌을 통해 알게 된 것이지만, 일존에게 선공을 하는 건, 그 외의 인원에게 불리한 경향이 있었다.

압도적인 공력으로 튕겨낸 다음, 남은 이들을 공격하기 때문이다. 그리고 그런 경우 먼저 튕겨 나간 이가 다시 공격을 하는 데까지 시간이 걸렸고.

낭왕이 손을 들어 말했다.

"귀혼창 조장, 일단……."

하지만 귀혼창이 낭왕의 말을 끊었다.

"저 괴물이 움직이면…… 이번엔 분명 우리들 중 누군가는 죽게 될 거요."

"……."

한편, 일존은 무리를 선동하는 귀혼창을 흥미롭게 지켜보았다. 놈들이 먼저 공격해 오는 것이 자신에게는 유리하기 때문이었다.

네 놈이 사방에서 거리를 두고 떨어져 있었다. 그런 놈들을 하나씩, 혹은 동시에 공격하는 것은 필요 이상의 공력을 소진시킬 뿐만 아니라 정신적으로도 피곤했다.

귀혼창은 정파인들로부터 빌려온 창을 흘낏 내려다보았다.

오른손에 장창, 왼손에 단창 두 개.

마쌍단격창(魔雙單擊槍).

자신이 펼칠 수 있는 최고의 절기.

이걸 변형시켜 펼쳐야 한다. 원래의 마쌍단격창이라면 저 괴물이 어렵지 않게 막아낼 테니까.

차라리 단순하게, 대신 놈의 의표를 찔러야 했다.

"후우우, 후우우."

귀혼창은 천천히 걸으며 남은 내공을 쥐어짜 냈다. 그가 그렇게 나서자 풍운과 낭왕, 그리고 폭혈도도 움직였다. 귀혼창이 억지를 부리든 말든, 그가 홀로 공격하게 둘 수는 없으니까.

일존을 두고 사방에서 옥죄여 가는 네 명의 초고수.

하지만 일존은 입가에 미소까지 보였다.

네 명의 눈동자가 움직이며 서로 시선을 교환했다.

이윽고 귀혼창이 가장 먼저 움직였다.

타악.

그가 발로 땅을 굴렀고, 그 순간 그의 신형이 폭사했다.

이형환위!

풍운과 낭왕, 그리고 폭혈도도 번개처럼 일존을 향해 질주했다.

파아아아아앗!

동서남북, 네 방향에서 짓쳐 드는 초고수들.

일존의 눈자위가 샛노랗게 변했다.

지독한 살기가 신형에서 흘러나왔다.

귀혼창의 장창에서 피어난 창영이 먼저 허공을 갈랐다. 그러더니 귀혼창은 쥐고 있던 장창을 그대로 던졌다.

쇄애애애액!

일존이 콧방귀를 뀌었다.

"흥!"

슈르르르.

그의 검이 부드럽게, 동시에 호쾌하게 정면을 그었다.

쩡!

장창이 튕겨 나가는 동시에 창영들이 호신강기에 막혀 터지며 소멸했다. 그리고 지척까지 파고든 귀혼창의 단창을 후려쳤다.

쩌어엉!

"큭!"

귀혼창은 자신도 모르게 단말마를 뱉었다. 그야말로 무지막지한 공력이 단창뿐만 아니라 자신의 전신을 후려갈겼다.

귀혼창의 몸뚱어리는 기우뚱거렸지만, 그 자리에서 한 발도 물러서지 않았다.

"……!"

일존의 눈동자가 거칠게 흔들렸다.

'이 미친놈이!'

귀혼창은 자신의 발등에 자신의 단창 중 하나를 꽂아 넣었다. 그 단창은 발을 뚫고 땅에 깊숙이 박혔고, 귀혼창의 몸이 튕겨져 나가는 것을 막았다. 하지만 그의 뚫린 발등이 길게 찢어졌다.

어마어마한 고통이 그의 의식을 갉아먹었다. 하지만 귀혼창은 아직 손에 쥐고 있는 단창을 연신 찔러 넣었다.

쨰쨰쨰쨰애애앵!

단창을 거칠게 후려치던 일존을 향해 세 방향에서 폭혈도와 낭왕, 그리고 풍운이 들이닥쳤다.

전혀 예상하지 못한 전개에 일존은 몸을 빼낼 틈을 놓쳤다.

"그런다고 내가!"

일존이 당혹스러운 분노성을 터트리며 몸을 비틀었다. 거센 회전을 하려는 찰나, 귀혼창이 쥐고 있던 단창을 던졌다.

"……!"

일존의 얼굴이 굳었다.

절묘하다, 놈의 단창이 파고드는 시점이.

이걸 쳐내면 세 곳에서 짓쳐들어오는 공격을 방어하기엔 늦는다. 그렇다고 무시하기엔 이미 단창이 지척까지 접근했다.

자신의 호신강기를 믿는 수밖에.

일존은 결국 귀혼창의 단창을 무시하기로 결정했다. 사실 그 찰나의 순간에는 그것이 최선이었다.

하지만 방금 귀혼창이 던진 창 역시 그의 남은 내력을

모조리 담아 던진 것이었다.

퍼엉! 푸욱! 파라라라라!

귀혼창의 단창이 호신강기를 부수며 파고들어 가 일존의 옆구리에 박혀들었다.

그와 함께 빙글 회전하는 일존.

콰콰콰콰콰아아아앙!

낭왕과 풍운의 검이, 그리고 폭혈도의 환도가 빙글빙글 도는 일존을 두드렸다. 그 셋 모두 알고 있었다.

귀혼창이 자신의 발을 희생해 만든 지금의 공격을 실패한다면 다시 이런 기회는 없을 것임을.

특히 폭혈도는 눈물을 글썽하며 악을 질러 댔다.

"죽어어어어!"

낭왕과 풍운도 마지막 내공을 모조리 끌어내며 검을 휘둘렀다.

쩌어어어어어어엉!

쉴 새 없이 터지는 쇳소리.

몸을 웅크리고 있는 귀혼창은 정신이 가물가물해졌다. 발 하나가 사실상 찢겨 갈라졌으니 당연했다.

그러나 귀혼창은 피식 웃었다.

일존이 워낙 빠르게 돌고 있어서 놈의 표정을 확인할 수는 없었다. 하지만 굳이 보지 않아도 짐작할 수 있었다.

옆구리에 이는 고통 때문에 잔뜩 일그러져 있겠지.

이런 상황을 예상 못한 자괴감에 곤혹스러우면서도 수치스럽겠지.

하지만 귀혼창에게도 아쉬움은 남았다.

기껏 발 하나를 희생하면서까지 던진 회심의 한 수였는데, 자신이 던진 창이 생각보다 훨씬 얕게 박혔다는 점이다. 그만큼 일존의 호신강기가 대단하다는 반증이었다.

귀혼창의 눈에, 그리고 얼굴에 갈등의 빛이 스쳤다.

더 이상은 무리다.

하지만 이딴 놈에게 더 이상 등을 보이고 싶지 않았다. 무엇보다 이 기회를 놓치면 정말 위험해진다는 본능적인 경각심이 그의 무혼을 불태웠다.

쑤욱.

귀혼창은 자신의 발을 뚫고 땅에 박혀 있는 단창을 빼냈다.

그의 신형이 휘청거렸다.

일존이 만들어내는 가공할 풍압 때문에 뒤로 날아갈 것만 같고, 숨 쉬는 것조차 힘겨웠다.

하지만 그는 웃었다.

"나는!"

그가 단창과 함께 앞으로 몸을 날렸다.

"천랑대다!"

쇄애액!

콰직!

둔탁한 타격음과 함께 귀혼창의 몸이 뒤로 팽개쳐졌다. 그렇게 날아가는 그의 몸에 수십여 개의 검상이 생기고, 핏줄기가 곳곳에서 솟구쳤다.

사력을 다하는 폭혈도와 낭왕, 그리고 풍운을 막아내던 일존이 또다시 신음을 흘렸다.

그리고 일존이 마침내 팽이처럼 돌던 회전을 멈췄다.

우뚝 멈춰 선 그의 어깨 밑, 겨드랑이에 또 하나의 단창이 박혀 있었다. 이번 것은 허리에 박힌 것과는 다르게 매우 깊숙이 박혔다.

"이런 개 같은……. 쿨럭."

일존의 입에서 피가 주르륵 흘렀다.

"내가…… 본좌가 이딴 놈들한테……."

슈각! 서걱! 푹!

폭혈도의 환도가 일존의 목을 베었다. 낭왕의 검이 심장을 찢었고, 풍운 역시 등 뒤에서 일존의 심장을 찔렀다.

일존의 몸에서 분리된 머리가 허공으로 붕 떴다. 그 눈은 여전히 자신이 죽는다는 것을 믿지 못하겠다는 불신의 기색이 역력했다.

쿠웅!

머리를 잃은 그의 동체가 마침내 땅으로 무너져 내렸다.

폭혈도가 환도를 팽개치고 귀혼창에게 달려갔다.

"귀혼차아아앙!"

그가 쓰러진 귀혼창의 어깨를 잡아 흔들었다. 그러자 귀혼창이 감은 눈을 뜨며 피식 웃었다.

"형님, 잠 좀 자려는데…… 시끄럽소."

"이 새끼가…… 그렇게 무모하게……."

"크흐흐흐, 발 하나면 될 줄 알았는데……."

"이 멍청한 놈! 네가 그러지 않아도 이길 수 있었다고!"

"그랬소? 크크큭, 미안하오."

낭왕과 풍운이 오열하는 폭혈도 뒤에 섰다. 그 둘은 입술을 꾹 깨물고 죽어가는 귀혼창을 보았다. 그런 후, 풍운도 폭혈도 뒤에서 주저앉았다.

내공뿐만 아니라 체력마저 탈진해 버린 것이다.

정파인들이 하나둘 담을 넘어 주변으로 몰려들었다.

폭혈도는 닭똥 같은 눈물을 뚝뚝 흘리며 말했다.

"살 수 있어. 하유 부주를 내가 불러올 테니까……."

폭혈도가 일어서려는데 그 손목을 귀혼창이 잡았다.

"형님."

"인마, 놔. 시간 없어."
"몸속의 장기가 다……. 형님도 알잖소."
"그래도……."
"내 옆에 형님이라도 있어야지."
"……!"
"형님마저 없으면…… 심심하오."
귀혼창의 눈이 스르륵 감겨갔다. 폭혈도가 그런 귀혼창을 흔들며 울먹였다.
"정신 차려! 인마! 정신 차리라고!"
그러자 귀혼창이 반개한 눈으로 피식 웃었다.
"천마검께 부탁드리오."
"……."
"패왕의 별이 되시라고."
"인마, 살아야지. 함께 살아서…… 흑흑."
귀혼창이 미소를 지었다.
"끝까지 함께하지 못해…… 죄송하다고도 전해주시오. 당신과 함께한 삶, 정말 영광이고 행복……."
귀혼창의 몸이 부르르 떨렸다. 그는 입술에 힘을 주어 마지막 말을 마무리하려고 했지만, 결국 그 뜻을 이루지 못했다.
그의 고개가 옆으로 툭 떨어졌다. 그와 동시에 폭혈도의 몸도 얼음처럼 굳었다.

낭왕과 풍운이 침음하며 눈을 감고 고개를 떨어뜨렸다. 주위를 둘러싼 정파인들도 고개를 숙였다.

질식할 것만 같은 정적이 사위를 휘감았다. 그리고 그 침묵을 폭혈도가 깼다.

폭혈도가 몸을 덜덜 떨다가 울부짖었다.

"흑흑흑, 새끼야. 장난치지 마. 일어나라고. 흐흐흑."

그의 낮은 오열이 절규로 변했다.

"으어어어어엉! 안 돼."

*　　　*　　　*

쨍그랑.

다탁에 있던 찻잔이 떨어지며 요란하게 깨져 나갔다.

백운회는 눈살을 찌푸리며 그 깨진 찻잔을 보았다.

갑자기 일어난 모용린이 미안한 얼굴로 말했다.

"죄송해요, 너무 놀라서."

그녀는 방금 들어온 전서구의 내용을 받고는 기절초풍할 정도로 놀라 자리를 박차고 일어났다. 그러다가 탁자를 건드려 위에 놓여 있던 찻잔이 흘러내리며 깨진 것이다.

백운회는 고개를 갸웃거렸다. 왠지 모르게 가슴이

뻐근했다. 하지만 그는 미소 지으며 모용린에게 말했다.

"별일도 아닌데 신경 쓸 것 없소. 그것보다…… 대체 뭐라 적혀 있기에 당신이 그리 놀랐는지 궁금하군."

이제 반 시진 후면 출병이다. 그런데 사령관인 빙봉이 이렇게 당황할 일이 보고되었다는 것은 결코 좋은 징조가 아니었다.

모용린은 고개를 끄덕이며 방금 읽은 전서구의 쪽지를 다시 보았다. 어차피 암호로 적혀 있어 건네줘도 천마검은 읽지 못한다.

"표사로 위장해 사육주의 후위를 노릴 아군."

"……?"

"그들이 와야 할 길목에 흑천련이 자리 잡았다네요."

백운회는 신음을 삼켰다.

사육주와 일정한 거리를 두고 따라다니는 흑천련이다. 아직 천마검과 손거문 사이에서 결정을 내리지 못한 그들이 하필 중요한 길목을 막아섰다니.

이건 이번 전투에 막대한 영향을 줄 수 있는 변수였다.

모용린이 말했다.

"문상 야월화가 우리의 의도를 읽은 걸까요?"

백운회는 잠시 침묵하다가 입을 열었다.

"글쎄, 쉽지는 않아 보이는데."

그의 말마따나 야월화가 오랜 시간에 걸쳐 진행된 이번 작전을 간파하는 건 지극히 어렵다. 특히나 그녀는 정파와의 전투에 전력을 다하고 있었으니까.

백운회는 팔짱을 끼며 말을 이었다.

"하지만 우연이라 보기도 어렵겠군."

모용린이 고개를 끄덕이며 동의의 표정을 지었다.

야월화가 작전을 간파했다기보다는, 혹시 있을 정파의 별동대가 뒤로 급습하는 것을 막기 위해서, 그 적당한 자리에 흑천련을 머물게 했을 공산이 높았다.

어쨌거나 야월화가 치밀하다는 것을 보여주는 대목이었다.

모용린은 곤혹스러운 얼굴로 서성이며 중얼거렸다.

"어떻게 하죠? 이제 곧 출병인데, 그 직전에 이런 일이 발생하면……. 아아, 이 일이 알려지면 사기가 곤두박질칠 텐데."

백운회는 그녀를 물끄러미 보며 말했다.

"관태랑이 나에게 이런 말을 하더군."

"……?"

"영웅은 흉내 내기로 차지할 수 있는 자리가 아니

라고."

"……!"

"스스로 네 가치를 증명해라, 빙봉."

제27장
영웅을 꿈꾸는 자, 영웅을 죽여라

1

모용린은 천마검의 차가운 말에 섭섭함을 느끼며 입을 열었다.

"오월동주라고, 어쨌든 우리는 지금 한 배에 탄 처지가 아닌가요? 그렇다면 백짓장도 맞들면 낫다고, 당신의 명석한 두뇌를 잠시 빌려줄 수도 있는 거잖아요?"

그녀의 칭찬 섞인 지적에 백운회가 낮게 웃었다.

"후후후, 지금 그대의 말은 스스로 무능하다는 것을 인정하는 것 같군."

모용린의 눈꼬리가 올라갔다. 하지만 이내 한숨을 내쉬며 말했다.

"좋아요. 제가 의견을 말하면 가감 없이 솔직하게 평해 줘요."

"그러지."

"표사들을 우회시키면……."

백운회가 말을 끊었다.

"수천이 몰려 있는 흑천련의 진지를 들키지 않고 우회하는 건 시간이 너무 걸린다. 과연 그들이 늦지 않게 시간을 맞출 수 있을까?"

모용린은 입술을 꾹 깨물고 백운회를 노려보았다.

"그럼 강행 돌파. 표사들로 위장했으니 흑천련의 진지 옆으로 지나가도 정파인으로 알아차리지 못할 가능성이……."

백운회가 미간을 찌푸리며 고개를 저었다.

"흑천련이 바보들만 모여 있는 곳으로 생각하는 건가? 표국 하나라면 모르겠지만, 여러 곳이, 그것도 대규모 인원이, 전장이 있는 방향으로 움직인다면 당연히 이상하게 여길 터."

모용린은 고개를 끄덕이며 실소를 흘렸다.

"맞아요. 나도 말하면서 이건 아니라고 생각했어요."

그녀는 손을 이마에 댄 채 백운회 앞을 왔다 갔다 했다. 그러다가 크게 한숨을 뱉고는 백운회 앞에서 정색했다.

"곧 출정인데 예기치 못한 사태가 벌어졌어요. 그래서 저는 지금 초조해서 제대로 된 계책이 떠오르지 않고요."

"훗, 너무 솔직하군. 무능력을 인정하는 책사라……. 아니, 책사 이전에 지금 그대는 모든 책임을 감수해야 할 사령관이야."

"알아요. 하지만 부족한 건 부족한 거죠. 저는 그걸 어설프게 포장하고 싶지는 않아요. 저는 암기를 잘하고 주어진 상황을 분석하는 것에는 재주가 있어요. 하지만 통찰력이나 임기응변이 뛰어나진 못해요."

그녀를 보는 백운회의 눈에 이채가 스쳤다. 모용린이 절박한 심정으로 말했다.

"그러니 도와줘요. 당신은 좋은 생각이 있죠?"

백운회가 검지로 관자놀이를 톡톡, 치다가 자리에서 일어났다.

"천류영이었다면…… 나무가 아니라 숲 전체를 봤겠지."

"……?"

"그래, 그 녀석이라면…… 아마 나를 이용했을 거야."

모용린이 고개를 갸웃거렸다.

"그게 당최 무슨 뜻이죠? 당신은 이곳에서 우리와 함께 싸워야 하는데……. 아아!"

모용린은 말을 하다가 자신도 모르게 탄성을 흘렸다.

그러고는 고개를 끄덕이며 실소를 뱉고 말했다.

"그렇군요."

확실히 지금 흑천련은 천마검과 사육주 사이에 양다리를 걸치고 모호한 태도로 일관하고 있었다.

섣불리 선택했다가 후회하지 않기 위해서.

모용린이 빙그레 웃고 말했다.

"고마워요."

백운회가 어깨를 으쓱거렸다.

"어쨌든 우린 지금 한 배를 탔으니까."

모용린은 지필묵을 가지러 움직이려다가 고개를 돌려 백운회를 보았다.

"그래도 명색이 이번 전투를 책임질 사령관인데, 실망시켜서 죄송하네요."

백운회가 미소로 대꾸했다.

"그래도 하책은 아니었다."

"……?"

"솔직하게 스스로의 한계를 인정하고 도움을 요청할 수 있다는 점, 당신 같은 지위의 사람이 자존심을 굽힐 수 있다는 건, 그것만으로도 중간은 가지."

모용린이 쓴웃음을 깨물었다.

"칭찬으로 받아들이죠."

"세상의 권력자들은 태반이 그 중간도 가지 못해. 제자존심을 지키려고 수많은 사람들을 종종 위험에 빠트리지. 그런 점에서 칭찬이 맞다."

"……."

"빙봉, 너는 삼 년 전에 비해 확실히 성장했다."

백운회의 지적에 모용린은 삼 년 전, 청성산에서의 자신의 모습을 떠올렸다.

자신의 판단이 최선이라 믿고, 다른 사람들의 의견을 무시하던 스스로가 떠올라 얼굴이 붉어졌다.

그녀는 멈춘 걸음을 다시 내디디며 화제를 돌렸다.

"이번 전투, 당신은 이길 수 있다고 믿나요?"

백운회는 창가로 이동해 밖을 보았다. 분타 밖에 정파의 무사들이 도열하고 있었다.

그가 가타부타 말이 없자 문가에 다다른 모용린이 고개를 돌려 다시 물었다.

"우리가 이길 수 있다고 생각하나요?"

"쉽지 않을 것이다."

"……."

"우선, 나는 이곳의 전력이 어느 정도인지 정확하게 파악하지 못했다. 사육주의 전력도 마찬가지고."

"그렇군요. 어쨌든 이건 당신의 싸움이 아니니까. 만약 당신이 사령관이었다면 달랐겠죠?"

백운회는 모용린을 향해 고개를 돌려 그녀의 눈을 직시

하며 말했다.

“둘째, 이 점이 아주 중요한데, 이곳에 모여 있는 정파인들은 대개가 천류영을 바라보고 있었다.”

“…….”

“전투가 시작되면, 너는 여기에 있는 이들이 천류영에게 기대한 것만큼의 능력을 보여줘야 할 순간이 올 수도 있을 거다. 어떤 예기치 못한 순간들.”

“…….”

“만약 네가 그때 임기응변을 발휘해 적절히 대처하지 못한다면, 또는 과감하거나 신중하게 지시를 내리지 못한다면, 지금 아슬아슬하게 부여잡고 있는, 사령관을 향한 믿음이 순식간에 깨져 나갈 거다.”

모용린은 입술을 꾹 깨물었다. 주먹까지 움켜쥔 그녀가 고개를 끄덕였다.

“알고 있어요. 섬마검의 말마따나 영웅은 흉내 내기로 쟁취할 수 없는 자리니까. 그래도 저는 최선을 다할 거예요.”

“…….”

“어쨌든 고마워요. 당신은 절 믿고 전투에 합류한 거란 뜻이잖아요.”

백운회는 피식 웃고 고개를 저었다.

“미안하지만, 나는 나를 위해 싸우는 거다. 내가 세운 계책을 성공시키기 위해서 너희 정파인들을 이용하는 거지."

"알아요, 오월동주. 그래도 고마운 건 사실이에요. 당신이 없었다면 나는 지금 모든 것을 포기했을지도 모르니까."

"글쎄, 그러진 않았겠지. 천류영 구출을 뒤로 미루고 독수와 낭왕, 그리고 풍운을 이곳에 두었을 테니까."

"아뇨. 그 사람은 반드시 구해야 하는……."

백운회가 손을 들어 그녀의 말을 제지시켰다.

"여기까지 하지. 주어진 시간이 별로 없잖나."

"그래요. 남은 얘기는 승리하고 돌아와 연회에서 하죠."

모용린이 문가에서 사라졌다. 백운회는 그녀가 사라진 자리를 물끄러미 보다가 중얼거렸다.

"승리라……. 이렇게 결과가 예측이 안 되는 전투도 오랜만이군. 문제는 전력 차이가 너무 큰데……."

처음에 마주하게 될 양쪽의 전력 차가 세 배.

이런 상황에서 초반에 기선을 제압당하면 아군의 사기가 곤두박질칠 공산이 컸다. 그런 상황에서 당문이 독과 암기로 상대 진영을 돌파할 때까지나, 후위에서 표사들이 들이닥칠 때까지 과연 버틸 수 있을까?

만약 사육주가 지금껏 보여주던 것처럼 무상의 초반 질

주를 막아내지 못한다면, 의외로 정파의 전선이 빠르게 붕괴될 가능성이 있었다.

그리고 그것을 막아내는 건, 사령관인 빙봉의 용병술과 무상을 상대하게 될 네 명의 정파 명숙에게 달렸다.

백운회는 자신의 가슴 부위에 손바닥을 올렸다.

아까 찻잔이 깨질 때 느낀 뻐근한 통증이 아직도 은은하게 남아 있었다.

"왠지 이번 항주행은 처음부터 불안하단 말이지."

그의 중얼거림이 창을 타고 들어오는 바람에 흩어졌다.

*　　　*　　　*

흑천련이 모여 있는 진영.

수많은 막사들이 줄지어 있는 가운데, 유독 커다란 막사에 흑천련 수장들이 모여들었다.

그들의 면면에 어린 표정에 긴장감이 흘렀다.

모두가 막사 안으로 모이자 원탁에 있는 노인 중 하나가 입을 열었다.

"천마검이 금광구를 통해 전서구를 보내왔소."

이미 그것은 들은 내용이기에 모두가 다음 말을 기다렸다.

노인, 사자탑의 탑주가 곤혹스러운 어조로 말을 이었다.

“이번 사육주와 정파의 싸움에 그가 개입한다고 말했소.”

말이 떨어지기 무섭게 무거운 신음이 곳곳에서 흘러나왔다. 한 중년인이 이해할 수 없다는 기색으로 물었다.

“사자탑주, 천마검이 정파를 돕겠다는 뜻입니까?”

“정파의 은거기인으로 정체를 숨기고 절강 분타에 잠입했다고 써놨소.”

기가 막힌다는 신음이 다시 여러 사람에게서 흘러나왔다. 중년인도 혀를 차며 아연해하다가 말했다.

“오로지 무상을 상대하기 위해서 그런 위험을 무릅쓴다는 것이…… 저는 도통 이해할 수 없군요.”

그 옆에 있던 중년 여인, 쾌활림의 림주가 낮게 웃다가 말을 받았다.

“천마검이야 원래 그렇잖아요. 그를 아직도 상식으로 판단하시나요? 그는 파격의 대명사. 애초에 상식적인 인물이라면 고작 수십 명을 데리고 무림맹 총타를 유린할 생각도 하지 못하죠.”

중년 사내가 고개를 절레절레 저었다.

“정파인에게 들키기라도 하면 무상과 싸우기도 전에 죽을 텐데…….”

쾌활림주가 말을 끊었다.

"답답하시긴. 제가 방금 말했잖아요. 그는 세상의 어느 누구보다 파격적인 인물. 분명 사육주와 정파의 전력을 탐색하러 나왔다가 즉흥적으로 이런 일을 꾸민 것이 분명해요."

"글쎄, 나는 천마검이 그렇게 즉흥적으로 일을 하는 자라고는 한 번도 생각해 본 적이 없소. 그는 늘 큰 그림을 그리고 그에 맞춰서 치밀하게 움직이는 자요."

쾌활림주가 고개를 끄덕이며 선선히 인정했다.

"그렇기는 하죠. 그러니까 제가 방금 한 말의 진의는, 그는 지금처럼 즉흥적으로 움직일 때가 많았다는 얘기예요. 그런데 나중에 보면 그것이 큰 그림에 맞춰 움직인 것이었죠."

좌중의 눈이 빛났다. 중년 사내가 긍정의 기색으로 말했다.

"쾌활림주의 의견은 그러니까…… 이번 일도 지나고 보면 그의 진짜 의중을 알 수 있을 거란 말이군요."

"뭐, 굳이 기다릴 필요가 있나요? 천마검의 의중이 저는 바로 읽히는데. 이제 우리더러 선택하라는 것이죠. 그리고 솔직히 저희들에겐 달가운 소식 아닌가요?"

그녀는 좌중을 훑으며 답답한 표정을 찰나 지었다가 담담하게 말했다.

"세상이 우리를 얼마나 한심하게 보는 줄 알고는 있는

건가요? 이쪽이면 이쪽, 아니면 저쪽을 선택할 때가 됐어요. 신중함도 지나치면 우유부단함이 되는 거죠."

"……."

"이젠 우리도 선택할 때가 됐고, 이번 대결로 알게 되겠죠. 천마검이 강한지, 무상이 강한지."

사자탑주가 고개를 끄덕이며 입을 열었다.

"천마검의 행보는 방금 쾌활림주께서 언급했듯이, 우리에게 이번 대결을 보고 결정하라고 통보한 것이라 생각하오. 더불어 이이제이(以夷制夷)의 의미도 포함하고 있는 것 같소. 정파의 세력을 이용해 사육주를 약화시킬 생각일 터."

"동감이에요."

쾌활림주를 시작으로 원탁에 있는 흑천련의 수장들이 모두 동감을 표시했다. 사자탑주가 그들을 천천히 훑으며 말했다.

"천마검은 한 시진 뒤, 이곳 옆으로 적지 않은 표사들이 지나가게 될 것이라고 언급했소."

쾌활림주가 눈을 빛냈다.

"호오, 정파의 복병이군요. 그리고 그들을 검문하거나 막지 말라는 뜻이고."

"맞소."

"그럼 그렇게 하죠. 저는 찬성이에요."

애초에 천마검을 매우 좋아하는 쾌활림주는 곧바로 결정을 내리며 말을 이었다.

“솔직히 우린 지금까지 이런 순간을 기다려 온 것 아닌가요? 그렇다면 계속 끼어들지 말고 지켜보는 게 맞다고 생각해요.”

중년 사내가 불만 어린 표정을 지었다.

“하지만 우리는 사육주와 우호적인 동맹 상태인 것도 사실이오. 그런데 우리가 있는 곳으로 정파인들이 지나가는데, 그것을 수수방관하는 것이 옳다고는 생각하지 않소.”

쾌활림주가 호탕하게 웃었다.

“깔깔깔, 야월화는 우리에게 함께 싸우자고 했지만, 우리는 지금껏 관망만 해왔어요. 늘 해오던 것을 하는 건데 뭐가 문제죠?”

“하지만 이건 사안이 다르잖소?”

“아뇨, 다를 것 없어요. 그리고 무엇보다…….”

그녀는 말을 멈추고 진득한 미소를 지었다. 그렇게 잠깐 뜸을 들인 후에 말했다.

“저는 천마검과 무상 중 누가 더 강한지 결과를 알고 싶어요.”

모두가 한가락 하는 천상 무인들이었다. 진정한 천하제일인이 누군지 궁금해 하는 건 당연지사.

그녀가 말을 이었다.

"정파와 사파의 전력 차가 너무 커요. 그래서야 천마검도 제대로 싸울 수 없겠죠. 그렇다면 그가 빠져 버릴 공산도 크고요. 그럼 우린 이 지긋지긋한 방관자 신세를 또 언제까지 해야 될지 몰라요. 다른 분들은 모르겠지만, 저는 세상이 저희를 가리켜 눈치나 살피는 겁쟁이라고 말하는 것이 아주 거슬린단 말입니다."

사자탑주가 입을 열었다.

"나 역시 쾌활림주의 의견을 따르겠소. 지켜봅시다. 그리고…… 신중하게 선택을 하는 게 좋을 것 같소. 향후 각파의 흥망성쇠가 걸린 일이니. 또한 나 역시 그들의 대결이 궁금하고, 더 이상 세상으로부터 기회주의자란 조롱을 듣기도 싫으니."

결국 만장일치로 결론을 내렸다.

이곳을 지나갈 표사들을 그냥 보내기로.

*　　　*　　　*

둥, 둥, 둥, 둥, 둥.

정파의 전선 뒤에 배치된 단 위에서 모용린은 한차례 크게 심호흡했다. 그런 모용린을 옆에서 지켜보며 큰북을 천천히 치던 고수(鼓手)들 열 명이 침을 꿀꺽 삼켰다.

아니, 삼천의 정파인 모두가 침을 삼키며 호흡을 골랐다.

마침내 지평선에서 일단의 사람들이 나타났다.

무상 손거문이 이끄는 사육주.

그들은 거침없이 전진해 왔다. 그렇게 그들이 다가올수록 정파인들은 거대한 압박감을 느꼈다.

많다. 정말이지 더럽게 많다.

무려 일만 대군.

인원만 많은 것이 아니다.

저들의 사기는 충천했다.

함성을 지르며 성큼성큼 다가오는 사파인들은 지금껏 연전연승한 불패의 용사들.

반면, 이곳에 모인 정파인들은 천류영을 믿고 따르거나, 그를 보고 모인 무사들.

방금 전까지 '한 번 해보자! 정파의 힘을 보여주자!' 라고 외치던 정파인들의 안색이 눈에 띄게 핼쑥해졌다.

모용린은 입술을 깨물었다.

기가 죽을까 봐 북 치는 고수를 열 명이나 배치했다.

아군의 북소리가 클수록 사기 진작에 도움이 되기 때문이다. 하지만 다가오는 일만의 사파인들을 보면 그것도 별 소용이 없어 보였다.

오죽하면 최전선에선 주춤거리며 자신도 모르게 물러서

는 이들이 속출할까.

모용린은 있는 힘껏 고성을 내질렀다. 내공을 최대한 돋워서.

"지킵시다! 무림서생께서 지켜온 이 땅을 결코 저들에게 내줄 수는 없습니다! 이 땅을 다시 하늘도 버린 땅으로 만들 수는 없습니다!"

그녀의 목소리에 술렁이던 정파인들이 고개를 돌려서 보았다. 빙봉이 그들을 훑으며 말했다.

"정파의 힘을 보여줍시다! 저들의 숫자를 두려워할 필요는 없습니다. 저들 중에는 산적질이나 하던 녹림도도 있고, 뒷골목에서 푼돈을 뜯던 왈패도 있습니다. 하지만 우리는 자랑스러운 정파의 무인들. 저들에게 우리의 힘을 보여줍시다. 우리가 강하다는 것을……."

그녀의 외침을 거대한 사자후가 끊었다.

"으허어어엉!"

대기가 들끓는 사자후에 모두가 숨을 죽였다. 그러자 사자후를 터트린 무상 손거문이 앞으로 나오며 외쳤다.

"가소롭구나! 위선으로 똘똘 뭉친 정파인들이여, 내 오늘 보여주마! 너희들이 산적들과 뒷골목 왈패라고 천시하는 우리가 얼마나 강한지! 내 너희들의 무릎을 꿇리고, 그 앞에서 승전가를 부르리라!"

사파인들이 함성을 내질렀다.

"와아아아아아!"

정파인들이 다시 술렁거렸다.

저들과의 거리는 무려 이백여 장.

그런데 무상이 내지르는 고함이 마치 바로 옆에서 지르는 것같이 선연하게 들렸다. 그리고 그 고함에 내포된 가공할 힘마저 느껴졌다.

팔을 타고 오르는 소름.

빙봉이 입술을 깨물었다. 그러고는 외쳤다.

"와라! 너희의 그 알량한 숫자를 믿고 와봐라! 우리는 오로지 용맹으로 싸울 것이니! 이 땅을 피로 적시는 한이 있더라도 결코 물러나지 않으리라!"

무상이 대소했다.

"하하하하! 과연 빙봉, 너의 패기가 마음에 든다. 하지만 너는 내 상대가 아니다."

그들과의 거리가 빠르게 좁혀졌다.

모두가 긴장해 숨을 죽였다.

하늘과 대지도 침묵하며 그들을 지켜보았다.

마침내 양쪽의 거리가 백여 장에 다다랐을 때, 다시 양쪽에서 함성이 터져 나왔다.

훗날, 무림 사가들에게 전투의 승패보다 고금 최강의 두 무인이 펼친 격돌로 자주 회자되는 싸움이 바야흐로 그 막을 올렸다.

2

정파의 진형은 선두에 일천여 명이 운집한 방진(方陣)과 그 바로 후위에 이천여 명이 길게 늘어선 횡진으로 구분되어 있었다.

이러한 진형이 갖는 의미는 명백했다.

첫째, 무상 손거문이 앞장서는 선봉의 위력은 천하에 위명을 날리고 있었다. 그에 맞서 전선이 쉽게 무너지지 않게 방진을 구성한 것이다.

둘째, 방진이 무너질 위험에 처할 때마다 뒤에 자리한 횡진의 정파인들이 지원을 하기 위함이다.

마지막으로 셋째, 여차하면 횡진의 양쪽 끄트머리에 위치한 별동대가 전장을 우회해 적의 허리를 끊겠다는 의도가 있었다.

수비 위주로 사파인들의 공세를 차단하되, 기습을 노리겠다는 모용린의 노림수.

이러한 정파의 진세를 살핀 야월화가 비릿한 미소로 중얼거렸다.

"훗, 과연 빙봉. 나름 머리를 굴렸네."

만약 병력 차이가 크지 않았다면 전투 시간이 길어지면서 애를 좀 먹었을 것이다. 그만큼 모용린이 펼친 진형은 정파의 현(現) 전력으로 최선의 선택이라고 할 수 있었다.

사실 야월화가 세 배가 넘는 전력으로 정파를 포위하려고 했다면 모용린이 구상한 진세는 매우 취약해지는 약점을 지니고 있었다.

하지만 모용린은 야월화가 지금껏 사용해 온 책략, 즉 무상을 중심으로 전선을 돌파하는 방법을 고수할 것이라고 확신했다.

왜냐하면 야월화는 전투에서 무상 손거문을 누구보다 돋보이게 만들고 싶어 한다는 걸 간파했기 때문이다.

야월화는 무상을 패왕의 별로 만들고 싶어 하니까!

동시에 항상 승리를 가져오는 공식 같은 전술을 사파가 불리한 상황도 아닌데 굳이 복잡하게 바꾸지 않을 것이고, 그랬다가는 사기충천한 수하들이 괜한 불안감을 가질 공산도 있을 테니까.

그리고 그런 모용린의 생각은 옳았다.

야월화는 원래의 계획을 바꿔서 정파를 포위하고 싶은 유혹에 찰나 휩싸였다. 하지만 그녀는 이내 고개를 저었다.

세 배의 전력으로 정파를 포위하면 전투는 분명 승리할 것이다. 하지만 그리되면 피해가 커질 공산이 있었다. 쥐도 도망갈 곳을 두고 몰아야 하는 법.

최소의 피해로 대승을 올릴 수 있으면서도 무상 손거문을 가장 돋보일 수 있는 방법으로 이번 전투도 승리하겠다고 야월화는 결심을 굳혔다.

그녀는 옆에 있는 사형을 보았다. 무상 손거문도 그녀를 마주 보며 싱그러운 미소를 머금었다.

곧 적진을 향해 최선두에서 달려갈 사람의 표정이라고 하기엔 지나칠 정도로 여유로웠다.

아니, 그뿐만 아니라 모든 사파인들이 자신만만한 낯빛이었다.

이유는 간단했다.

연전연승해 오면서 사기가 드높았고, 정파의 전력에 비해 세 배나 많기 때문이다. 가히 압도적이라고 해도 과언이 아니었다.

그리고 결정적으로, 정파에서 최고의 고수들이 얼마 전에 빠져나갔음을 모두가 알고 있었다.

독수, 낭왕, 풍운.

그리고 무림맹의 정예 무력 단체인 백호단과 주작단까지.

그 정보는 하오문으로부터 들어왔다.

대체 그 이유가 뭘까?

아쉽게도 그들이 전투를 코앞에 두고 빠져나간 이유까지는 알 수 없었다. 다만, 무림서생이 횡사하면서 내부 분열이 있었을 거라고 추측할 뿐.

그리고 사실 그 이유에 대해 자세히 파악하지 않아도 큰 문제가 없었다.

중요한 건, 정파의 무시 못할 고수들과 무력 단체가 전투를 앞두고 도망쳤다는 점이다.

즉, 이 전투는 지고 싶어도 질 수가 없는 싸움이었다.

비록 호랑이는 토끼를 잡을 때도 전력을 다한다고 하지만, 이번의 경우는 달랐다.

질이나 양으로 비교할 수 없는, 압도적인 전력.

이럴 때는 손이 많이 가는 복잡한 계책을 사용하는 것이 오히려 독이다.

힘과 인원으로 밀어붙이는 것이 단순하지만 최선의 책략.

그랬다.

괜히 포위해 정파인들을 궁지로 몰 필요는 없다.

사형이 정파의 방진을 깨부수고 뒤에 있는 횡진의 전선까지 돌파하는 순간, 정파인들은 사방팔방으로 도망치게 될 것이리라!

문상 야월화는 이천의 예비 병력을 자신의 주변에 배치하고 남은 무사들로 하여금 거대한 추행진을 꾸렸다.

무려 팔천여 명의 병력이 정파의 전선을 돌파하기 위해 삼각 편대로 구성되어 무상의 명을 기다리고 있었다.

손거문은 함성을 지르는 수하들을 훑다가 야월화를 보며 미소로 물었다.

"시작할까?"

야월화는 고개를 끄덕이며 환하게 미소 지었다.

"예. 언제나 그랬듯이 승리를 가져오세요."

"나야 뭐, 적진을 돌파만 할 뿐, 나머지는 사매가 잘 정리해 줘. 지금까지 해온 것처럼 최소의 희생으로 최대의 승리를 만들어보라고."

"예, 맡겨주세요."

"그럼 시작하지."

손거문이 앞으로 발을 내디디려는 순간, 야월화은 자신도 모르게 눈살을 찌푸렸다. 가슴이 옥죄는 통증.

심안의 발동이었다.

'대체 왜?'

그녀는 갑자기 심안이 발동한 이유를 알 수가 없었다. 아직 전투를 시작하지는 않았지만, 지려야 질 수 없는 싸움이었다. 그런데 왜 갑자기 위험을 알리는 심안이 발동하는 걸까?

혹시 몰라서 대산 종표파자를 비롯한 녹림은 추행진의 후위에 배치시켰다.

추행진 선두의 사형과 그들 사이에는 천응문, 사룡문, 흑호문, 흑살궁, 고음교의 사오주가 자리하고 있음이다.

그러니 대산 총표파자가 사형을 해코지할 가능성은 거의 없었다.

그런데 대체 왜?

손거문은 갑자기 야월화의 안색이 핼쑥해지자 고개를 갸웃거리며 물었다.

"심안인가?"

그녀가 대꾸 없이 고개를 끄덕이자, 손거문이 잠깐 얼굴을 굳혔다가 이내 웃으며 말했다.

"후후후, 나쁘지 않군."

"예?"

"사실 싱거운 전투가 될 거라고 생각했거든."

"……."

"아마 사매의 심안이 나를 질책하는 거라고 생각해. 전투를 앞두고 결코 방심하지 말라고."

"아!"

야월화는 나직하게 탄성을 흘리다가 미소를 지었다. 과연 가슴의 빼근함이 한결 누그러지고 있던 것이다.

그녀가 냉큼 말했다.

"사형의 말이 맞는 것 같아요."

손거문이 웃는 얼굴로 말을 받았다.

"좋아. 방심하지 않고, 최선을 다해 승리를 가져오지."

손거문은 앞으로 성큼성큼 걸었다. 그를 바라보는 사파

인들의 함성이 더욱 커졌다.

차앙!

손거문이 대도를 뽑아 천공을 찌르며 외쳤다.

"가자!"

짤막한 말.

그러나 무상이 외치는 말은 사파인들로 하여금 주술에 걸리게 했다.

승리라는 주술.

"와아아아아아아!"

사파인들이 함성을 지르며 무상의 뒤를 따랐다.

팔천여 명으로 구성된 추행진이 백여 장 거리에 떨어져 있는 정파의 방진을 향해 노도처럼 달렸다.

"하아아, 하아아……."

방진의 최선두에 자리한 정파인들은 거칠어지는 호흡을 가다듬으려 애쓰며 눈에 힘을 주었다.

달려오는 사파인들의 기세에 숨이 턱턱 막혔다. 무엇보다 가장 앞에서 달려오는 팔 척 거구의 무상이 보여주는 위압감은 절로 소름이 돋게 만들 정도였다.

누군가가 중얼거렸다.

"젠장, 왜 분타에서 막지 않고 평야에서 정면으로 붙는 거지?"

이해할 수 없다는 불평.

그의 말마따나 분타의 높은 담벼락 위에서 싸우면 수비하기에 훨씬 유리하다. 하지만 모용린은 그럴 수 없다고 주장했다.

그리고 그 이유에 대해서도 얘기했다.

무상 손거문이 가진 무공 절학 중 용권풍과 용검뇌는 어지간히 두꺼운 돌담까지 단숨에 붕괴시킬 수 있다는 것이다.

그렇기에 분타 안에서 담벼락을 의지해 싸우다 그것이 무너지면 오히려 심리적인 타격이 커져 사기가 곤두박질치기 쉬웠다.

하지만 많은 정파인들은 그런 모용린의 주장을 전적으로 신뢰하지는 않았다.

두꺼운 담벼락을 고작 권풍으로 붕괴시킬 수 있다고?

그러나 만에 하나라도 모용린의 주장이 사실일 경우, 그녀의 판단이 옳다는 것 역시 모두 다 알고 있었다. 그렇기에 평야로 나오긴 했지만, 팔천의 대군이 짓쳐 드는 것을 보니 다시금 불만이 새어 나온 것이었다.

저렇게 많은 적과 정면으로 충돌해야 하다니.

벌써부터 기가 질려 한숨이 나왔다.

하지만 무상과의 거리가 삼십여 장으로 줄어들자 모두가 경각심을 가지고 내공을 끌어 올렸다.

지금 불평해 봐야 소용없는 일.

손거문을 상대할 네 명의 명숙이 앞으로 이동했다.

소림사의 무현 대사, 남궁세가의 검학자 장로, 개방주 황걸, 그리고 팽씨세가의 가주.

넷은 약간은 상기된 낯빛으로 다가오는 무상을 보았다.

개방주 황걸이 사기 진작을 위해 호탕하게 외쳤다.

"오라! 개방의 황걸이 너를 꺾어주마!"

그 말이 끝나기 무섭게 손거문이 주먹을 쥐고 위로 들어 올렸다. 순간, 방진의 선두에 있는 정파인들이 눈을 부릅떴다.

손거문의 주먹에서 붉은 기운이 어리더니, 투명한 용의 형상이 나타났다.

용권풍(龍拳風).

최선두에 선 네 명의 정파 명숙을 제외한 방진의 선두가 움찔했다.

붉은 용이 모습을 드러내자 대기가 부르릉 떨고 있었다. 대체 얼마나 많은 내공이 집약되어 있기에!

정파인들은 그제야 본능적으로 깨달았다.

빙봉 모용린의 주장은 사실이었다.

저 붉은 용은 정말로 두꺼운 담벼락조차 초토화시킬 힘을 응축하고 있었다.

무상과의 거리 이제 겨우 십여 장.

황걸을 비롯한 네 명숙이 긴장하며 각자의 병장기를 고쳐 쥐었다.

그와 동시에 손거문이 주먹을 앞으로 뻗었다.

부우우우우웅.

붉은 용의 형상을 띤 기운이 거침없이 앞으로 날았다. 동시에 정파의 네 명숙도 장력이나 검기를 날렸다.

쇄애애애애! 콰아아아앙!

거대한 폭음이 터졌다.

그런데 붉은 용은 정파의 네 고수가 펼쳐 낸 공격을 맞고도 앞으로 쇄도했다.

검기를 날린 팽가주가 어금니를 깨물며 다시 검을 휘둘렀다. 개방주 황걸이 타구봉을 휘두르고, 소림의 무현 대사가 재차 장력을 뿜어냈다. 검학자 장로도 다시 검을 휘둘렀다.

콰아아앙!

두 번의 충돌이 있고서야 용권풍이 소멸되었다. 하지만 네 명의 명숙은 모두 몇 걸음씩 물러나 숨을 거칠게 몰아쉬었다.

무현 대사가 외쳤다.

"조심! 적은 생각보다 더 강하오!"

그러는 사이, 손거문은 어느새 지척까지 다가와 대도를 휘둘렀다.

파아아아.

공기를 찢는 파공성과 함께 손거문의 대도가 팽가주를 노렸다. 그 순간, 무현 대사와 황걸이 손거문의 좌우로 파고들었다. 검학자 장로는 팽가주 뒤쪽에 바짝 붙어 혹시 모를 위험에 대비했다.

쩌어어엉!

손거문의 대도가 팽가주의 검과 충돌했다.

"커흑!"

팽가주는 잇새로 신음을 억눌렀다. 뒤로 팽개쳐지려는 것을 천근추의 수법으로 간신히 버텼다. 그의 발이 땅을 움푹 파고들었다. 대도를 막은 손목도 시큰했다.

불신과 충격이 팽가주의 얼굴에 고스란히 드러났다. 평생 이렇게 무지막지한 힘은 처음이었다. 사람이 어떻게 이런 힘을 쓸 수 있단 말인가.

손거문이 웃었다.

"하하하! 제법이구나!"

그는 무현 대사와 황걸이 좌우로 파고드는데도 웃음을 터트렸다. 하지만 그의 눈은 차가웠다.

결코 방심하지 않겠다는 각오가 그의 표정에 드리웠다.

쇄애액.

허공을 가르는 손거문의 대도.

그 칼은 황걸과 무현 대사의 봉을 때리고 다시 팽가주

에게 향했다.

슈슈슈슈슈슛!

수십여 개의 강기가 팽가주를 노렸다. 팽가주는 정신없이 강기를 쳐내다가 자신도 모르게 '아!' 하는 탄식을 흘렸다.

아랫배로 파고드는 강기를 쳐내려는데, 무상의 대도가 머리 위로 떨어져 내렸다.

예상한 것보다 두 배는 빨랐다. 더구나 지독할 정도의 무거움이 느껴졌다.

팽가주는 있는 힘껏 검의 방향을 돌려봤지만, 이미 늦었다.

퍼억!

강기가 아랫배에 적중되었다. 호신지기로 몸을 보호하고 있지만, 진기가 진탕되며 핏물이 목으로 올라왔다. 뒤이어 대도가 정수리에 닿는 찰나, 검학자가 나섰다.

쨍!

죽을 뻔한 위기를 모면한 팽가주가 몸을 띄워 약간 뒤로 빠지는 사이에 검학자 장로가 손거문을 향해 달려들었다.

파라라라!

검첨이 흔들리며 몇 개의 검영을 만들어냈다.

남궁세가의 천지검법(天地劍法).

동시에 무현 대사도 소림의 절예인 금강장(金剛掌)을, 황걸은 삼십육로타구봉법을 펼쳤다.

단 한 명을 향해 쏟아지는 소림과 개방, 그리고 남궁세가의 절세무공!

정파와 사파의 첫 충돌이기에 본격적으로 진행될 전투의 사기에 지대한 영향을 주게 될 것이다. 그렇기에 네 명숙은 시작부터 아낌없이 전력을 다했다.

그걸 본 정파인들은 모두가 확신했다.

무상이 이번 공격으로 죽지는 않더라도 적지 않은 부상을 입게 될 것이라고.

그렇게 믿으며 미소를 머금고 칼을 힘껏 쥐었다. 손거문을 뒤따라오는 사파인들이 이제 지척이었다.

손거문은 눈이 현란할 정도로 쏟아지는 세 방위에서의 공격을 보며 눈을 빛냈다.

하나하나가 절세의 무공이다. 그런 무공들이 앞과 좌우에서 파고드는데, 한 치의 틈도 없었다.

이건 실로 놀라운 일이었다.

왜냐하면 절세 무공은 적지 않은 공간을 필요로 한다. 그리고 파괴력이 상당하다.

흔히들 말하지 않는가.

고수가 싸울 때는 어지간해서 주변에 끼어드는 것이 아니라고. 자칫 아군에 피해를 줄 위험이 클 뿐만 아니라 무공을 펼치는 것에 제약을 줄 수 있기 때문이다.

그런데 지금 전면과 좌우에서 파고드는 절세 무공들은 기가 막히게 공간을 조율해 짓쳐 들고 있었다.

오로지 승리를 위해 자존심을 버린 것이다. 이기기 위해서 부단히 손발을 맞춘 것이다.

그 콧대 높은 정파의 명숙들이!

손거문이 입을 열었다.

"훌륭하다. 하지만 애석하게도 너희들의 상대는 나, 무상이다!"

그가 호쾌하게 외치며 대도를 휘둘렀다.

번쩍.

그건 번개였다.

풍운의 초극쾌에 육박하는 빠름.

쩌쩌쩌쩌쩌어어엉!

그의 대도가 검학자 장로의 천지검법을 모조리 튕겨냈다. 동시에 그의 왼 주먹이 앞으로 뻗어 나갔다.

부아아앙!

용권풍은 아니지만, 붉은빛을 띠는 장력이 무현 대사의 금빛 금강장을 때렸다.

콰아아아앙!

폭발!

그 폭발의 여파가 황걸의 삼십육로타구봉법에 영향을

줬고, 무수한 봉영(棒影)이 아지랑이처럼 꺼졌다. 또한 그의 대도가 검학자의 천지검법을 튕겨내는 와중에도 한 번 빠져나와 황걸의 타구봉을 강타했다.

쩌엉!

"크윽!"

"컥!"

"음……."

황걸, 무현 대사, 그리고 검학자 장로가 신음을 삼키며 뒤로 물러났다. 말이 물러나는 것이지, 몸의 중심을 잃고 넘어지려는 것을 간신히 모면했다.

그리고 그 가운데에서 손거문이 우뚝 선 채 대도를 휘둘렀다.

쇄애애액!

동료의 위험을 막기 위해 달려든 팽가주의 검과 손거문의 대도가 충돌했다.

쩌엉!

스으으읏.

동시에 손거문의 왼손이 팽가주의 가슴으로 파고들었다. 팽가주가 놀라 몸을 비틀어 피했다. 하지만 손거문의 왼손은 뱀처럼 흐느적거리며 곧바로 따라붙었다.

턱!

상의를 붙잡은 손거문이 바로 팔을 휘둘렀다.

휘이이익!

팽가주의 몸이 옆 허공으로 던져졌다. 손거문은 곧바로 앞으로 발을 내디뎠다.

파앗.

삼 장의 거리를 이형환위로 이동한 손거문이 자세를 바로잡는 검학자 장로의 가슴을 향해 대도를 찔러 넣었다.

푸욱!

"헉!"

검학자는 검으로 대도를 쳐내려고 했지만, 손거문의 대도가 더 빨랐다. 검학자가 아연한 얼굴로 고개를 떨어트렸다.

칼끝이 배에 살짝 들어갔다가 빠져나왔다.

순간, 검학자 장로의 얼굴에 낭패감과 함께 의아함이 떠올랐다. 조금만 더 깊게 찌르면 죽게 될 터인데, 손거문은 작은 상처를 주는 것으로 끝냈다.

손거문이 씩 웃었다.

"예전, 나를 도와 겐죠를 상대로 함께 싸운 빚은 이것으로 갚았다."

"……."

"살고 싶다면 뒤로 빠져라."

"이이이……."

검학자 장로가 모욕으로 이를 갈았다. 그가 지체 없이

검으로 손거문의 가슴을 향해 찔러 넣으며 외쳤다.

"모욕하지 마라. 나는 무사다!"

터억.

손거문이 그 검을 왼손으로 쥐었다.

검기가 서려 있는 검을 맨손으로 쥔 손거문이 안타까운 어조로 말했다.

"내가 실례했군. 그래도 좋은 추억이었소, 검학자 장로."

쨍강!

검학자의 검이 동강났다. 그런 후, 손거문의 주먹이 그의 턱을 강타했다.

콰직!

"크어어."

검학자의 고개가 젖혀지며 피 분수가 뿜어져 나왔다.

쇄액!

손거문의 대도가 검학자의 허리를 쓸었다. 그렇게 허리가 잘리려는 순간, 검학자는 혼신의 힘을 다해 몸을 비틀었다.

파앗!

장포의 일부분이 대도에 잘려 흩날렸다. 검학자는 부러진 칼을 휘둘렀다.

하지만 짧아진 칼은 손거문의 몸 어디에도 미치지 못했

다. 그리고 검학자의 눈에 다시 짓쳐 드는 대도가 들어왔다.

'아직, 아직 할 일이 많은데…….'

남궁수 소가주를 보필해 남궁세가를 다시 반석 위에 올려야 했다. 또한 죽지 않았다는 천류영도 꼭 다시 보고 싶었다. 그에게 당부하고 싶은 것이 많았다.

이상했다.

돌아가신 검성 가주가 아니라 왜 천류영이 더 보고 싶은 거지?

고마워서일까?

자식처럼 아끼던 남궁수가 아집을 버리고 반듯해져서?

아니면 짧은 교류이지만 천류영에게 진심으로 반해서?

혹시 천류영이 꿈꾸는 세상을 보고 싶어서일까?

하늘도 버린 이곳을 바꾼 그 아이가 천하를 경영한다면 과연 어떤 세상이 올까 궁금했다.

'부탁하네, 천 공자. 본 가와 우리 소가주를 많이 도와…….'

검학자의 눈에 물기가 어렸다.

쇄액! 서걱!

검학자의 머리가 몸과 분리되며 땅으로 떨어졌다. 손거문은 양쪽에서 달려드는 무현 대사와 황걸을 보며 차갑게 웃었다.

사파인들이 함성을 내질렀다.

"와아아아아아아!"

그리고 그들이 정파의 방진과 충돌했다.

3

방진의 후위에 자리하고 있던 창천룡 남궁수는 검학자 장로의 최후를 목도하고 아연한 표정으로 외쳤다.

"장로니이임!"

그가 앞으로 달려 나가려는 것을 금검단주가 붙잡았다.

"소가주! 자리를 지키셔야 합니다."

남궁수는 치솟는 분노와 울분을 삼키며 부르르 떨었다. 아버지도 무상에게 잃었는데, 가장 존경하고 좋아하는 장로님마저 그에게 당한 것이다.

방진의 선두에서 격렬한 충돌이 일었다.

째애애애애애앵!

"와아아아아!"

"공격하라! 단숨에 돌파하라!"

사파인들이 내지르는 고함. 정파인들도 소리를 지르며 사파인들의 병장기를 후려쳤다.

"막아라! 길을 내주지 마라!"

사파인들의 고함은 사기충천했다. 반면 정파인들이 내

지르는 외침은 절규인 동시에 발악이었다.

전선을 지키지 못하면 죽는다!

"으아아아악!"

비명이 쉴 새 없이 터져 나왔다. 그 상당수가 정파인의 몫이었다. 가뜩이나 인원도 사파에 비해 삼분의 일에 불과한데, 전투 초반부터 피해가 일방적으로 나왔다.

정파의 사기가 진창으로 떨어지는 것이 느껴졌다.

아직 전투에 참여하지 않은, 방진의 선두가 아닌 무사들과 후위의 횡진에 자리한 정파인들의 표정은 거무죽죽하게 변해갔다.

비록 병력 차가 크지만 실력만큼은 뒤지지 않는다고 여겼다. 하지만 그것이 얼마나 큰 오판이었는지 절절하게 깨달았다.

무상 손거문을 앞세운 사파인들이 연전연승한 것에는 다 까닭이 있는 법이었다.

금검단주가 남궁수에게 말했다.

"생각보다 우리도 빨리 나가야 될 것 같습니다. 단단히 준비하십시오."

그의 초조한 말마따나 방진의 선두가 계속 뒤로 밀리며 붕괴 조짐을 보이고 있었다. 전투가 예상한 것보다 훨씬 빠르게, 그리고 격렬하게 진행되고 있었다.

남궁수가 슬픔과 분노가 교차하는 눈빛으로 고개를 끄

덕이다가 탄식을 흘렸다.

"아아……."

소림의 무현 대사. 그의 몸뚱어리가 무상의 대도에 의해 갈라지고 있었다.

일도양단(一刀兩斷).

전투에서 목숨이란 스치는 바람처럼 덧없다.

살아온 인생의 무게, 숱한 시간 흘려온 땀방울, 그리고 반드시 지켜야 할 것을 지키기 위한 필생의 각오.

그 단단하고 비장한 몸부림은 더 강한 자의 칼날 앞에 이슬처럼 가볍기 그지없었다.

팽가주가 피투성이가 되어 칼을 휘둘렀다. 그의 맏아들인 팽우시가 합류했지만, 별 도움이 되지 못하고 무상의 주먹에 실신했다. 개방주 황걸의 왼팔이 날아갔다. 독고세가의 오성검 장로는 하나 남은 귀마저 사라졌다.

위충과 영능후가 악을 지르며 사파인들의 검을 쳐냈다.

"으아아아아아!"

막고 베고 찌른다.

휘두르고 튕겨내며 벤다.

하지만 사파인들은 꾸역꾸역 전진해 왔다.

무림서생을 동경해 이곳을 지키려고 합류한, 운수관이란 작은 무관의 사범, 이하율.

그는 덜덜 떨면서 도를 계속 휘둘렀다.

허연 어깨뼈가 드러난 곳에서 붉은 피가 철철 흘러 상의를 적셨다.

사룡문의 내당주가 낄낄거리며 이하율에게 검을 찔러 넣었다.

푹푹푹푹푹푹.

가슴이, 배가, 허벅지가, 그리고 뺨이 찔렸다.

사룡문의 내당주는 당장 죽일 수 있는 이하율을 그렇게 가지고 놀았다. 어차피 자신이 무상보다 앞서서 나갈 수는 없으니까.

"이 위선적인 정파 놈아, 고작 그 정도의 실력으로 너희가 우리를 그리 무시했느냐?"

내당주는 오랫동안 정파에 쌓인 분풀이를 해 댔다. 물론 그전의 싸움에서는 이런 분풀이를 하지 못했다. 치열한 전투였으니까. 하지만 이번 전투는 제법 편안했다. 언제나처럼 무상이 앞에서 이끌어줬고, 병력 차이는 세 배가 넘었다. 그래서인지 싸우는 와중에도 여유가 있었다.

그러자 흉중에 숨어 있던 잔혹성이 머리를 들었다.

전장이라는 괴물이 그를 삼킨 것이다. 아니, 그뿐만 아니라 많은 사파인들이 기존의 전투와 달리 흉포하고, 더 잔인해졌다.

이 정파 놈들은 무림서생을 좋아한다. 그리고 무림서생

은 자신들이 신처럼 떠받드는 무상을 물 먹인 적이 있다.
그래서 모두가 벼르고 있었다. 복수를 말이다.
이하율은 고통으로 머리가 어질어질했다. 하지만 악다구니를 썼다.
"적어도 이곳에 있는 정파인들은 위선자가 아니다! 무림서생님과 함께 잘못된 세상을 바로잡아 개혁을……."
"헛소리! 과연 가식적인 정파 놈답게 말만 번지르르하구나!"
슈가가각!
이하율은 허탈한 표정으로 동작을 멈췄다. 그의 오른팔이 날아가며 더 이상 검을 휘두를 수가 없었다.
서걱.
그의 무릎이 잘리며 땅에 고꾸라졌다.
분하다기보다 서러웠다. 고통스럽다기보다는 슬펐다.
힘이 없다는 것이.
그리고 안타까웠다.
한 번, 단 한 번만이라도 무림서생을 뵙고 그분과 함께 전장에 서고 싶었는데.
무림에 몸담고 살면서 처음으로 주군으로 모실만한 분이라고 여겼는데.
그렇게 이하율의 한 어린 숨이 끊어졌다.
방진의 선두가 마침내 붕괴되고, 그 선두에서 처절하게

싸우다가 살아남은 이들은 뒤에 있는 동료들과 함께 도검을 휘둘렀다.

정파의 곳곳에 위치한 간부들이 목이 쉬어라 외쳤다.

"물러서지 마라! 물러서지 마라!"

"무림서생께서 일군 땅이다. 목숨으로 지키자!"

고함에 울음이 배어났다.

전투가 시작된 지 이제 고작 일각 반.

그러나 정파인들은 벌써 패배의 냄새를 맡았다.

가장 후위의 단에 서 있는 모용린이 손을 덜덜 떨었다.

천류영뿐만 아니라 자신에게도 소중한 이들이 죽어가고 있었다. 이기기 어려운 전투라는 것을 알면서도 목숨을 걸고 동참해 준 동료들이 허망하게 쓰러지고 있었다. 그러나 그녀의 눈과 표정은 냉정했다.

그녀가 연신 지시를 내렸다.

"유검조(幽劍組), 방진 좌측으로 들어가세요. 철혈무성님, 지원 부탁드립니다."

횡진의 중앙에 자리하고 있던 유검조가 급히 이동했다. 역시 횡진에 있던, 정파의 십대고수인 철혈무성이 굳은 얼굴로 고개를 끄덕이고는 제자인 철권 갈지혁, 그리고 자신을 따르는 오십여 수하들과 함께 방진을 향해 뛰었다.

그녀가 힘껏 외쳤다.

"남궁세가의 금검단! 무상을 막으세요!"

그녀의 지시에 적지 않은 정파인들이 눈을 치켜떴다.

방진의 후위에 위치한 금검단을 전격적으로 투입한 것이다. 그것도 오로지 무상 한 명만을 막기 위해서.

위험한 선택이었다.

방진의 후위가 사라진다는 말이다. 사파인들이 뚫어야 할 두께가 그만큼 얇아지는 것이다. 방진의 중간까지만 돌파하면 곧바로 횡진에 다다르게 될 터.

모용린의 뒤에서 전황을 지켜보던 백운회가 고개를 끄덕였다.

정파가 연방 밀리는 가장 큰 이유는 바로 무상 손거문 때문이었다. 그를 멈추게 하지 못한다면 다른 전선에서 아무리 선전해 봐야 소용없는 짓이다.

모용린이 주먹을 꼭 움켜쥐고 나직한 목소리로 말했다.

"천마검."

주변에서 이는 고함과 비명, 그리고 병장기들이 충돌하는 쇳소리가 워낙 커서 듣기 힘들 정도로 낮은 목소리. 더더군다나 지척에서 열 명의 고수(鼓手)가 미친 듯이 북을 두드리고 있었다.

하지만 백운회는 그녀의 목소리를 듣고 어깨를 으쓱하며 대꾸했다.

"말해라."

"무상을 이길 수 있는 거죠?"

질문하는 그녀의 목소리가 떨렸다. 무상이 얼마나 강한지는 지겹게 많이 들었다. 그러나 실제로 목도하면서 충격을 받은 것이다.

백운회는 대답하지 않았다.

애초에 모용린도 대답을 기대한 건 아니었다.

그 대답이 긍정이든 부정이든 간에 결국은 추정에 불과하니까.

초고수들의 대결은 결국 칼을 부딪쳐 봐야 진실이 드러나는 법이다.

위명이 자자한 초고수들이 허망하게 죽는 경우도 부지기수였고, 실력이 가려져 있던 무사들이 진가를 드러내는 경우도 많은 것이 바로 전장이었다.

대규모 집단전에서 무공의 경지만큼, 아니, 그 이상 중요한 것은 바로 실전 경험이다.

모용린이 말했다.

"준비 부탁드려요."

백운회는 고개를 끄덕였다.

역시 계획보다 빠른 투입.

기실 이것도 위험한 선택이었다.

표사로 위장한 아군이 당도하려면 아직 반 시진은 더 기다려야 했으니까. 그렇게 시간에 맞춰서 동시에 움직여야 사파인들의 혼돈을 극대화시킬 수 있으니까. 또한 그래야만 세 배나 되는 병력 차를 극복할 기회를 포착할 수 있었다.

하지만 어쩔 수 없다. 그만큼 무상은 압도적인 실력을 과시하고 있었다. 정파 나름대로 치밀하게 세워둔 계획을 전격 변경해야 할 만큼.

금검단의 투입으로 무상의 전진을 조금은 늦출 수 있을 것이다. 하지만 이젠 그것이 문제가 아니었다.

땅에 떨어진 사기.

이것을 어떻게든 끌어 올리지 못한다면 공포와 공황이 정파인들의 머리를 꽉 채우게 될 것이다. 그건 곧 전투가 끝난다는 것을 의미했다.

완패(完敗)로.

전투가 끝난 다음에 표사로 위장한 아군이 들이닥친다 한들 무슨 소용이 있겠는가.

모용린이 전장에서 시선을 거두고 고개를 돌렸다.

그녀와 백운회의 눈이 마주쳤다.

모용린이 입술을 뗐다.

"정파를 위해 최선을 다해 달라는 말은 안 해요."

"……."

"나도 잘 알고 있어요. 우리 정파가 얼마나 오만했는지. 그래서 우리 정파가 이리 혹독하게 징벌을 받는 거겠지요."

백운회는 옅은 한숨을 흘리고 물었다.

"하고 싶은 말이 뭐지?"

모용린의 입술이 살짝 떨렸다.

"다른 곳은 몰라도…… 이곳만큼은 지키고 싶어요. 하늘도 버린 땅. 이곳의 민초들은 오랫동안 잊고 있던 희망과 웃음을 이제야 되찾았어요."

백운회가 피식 웃었다.

"글쎄, 저 사파인들도 이곳에서 너희만큼 잘해낼지도 모르지."

모용린은 선선이 고개를 끄덕였다.

"그럴지도 모르죠. 하지만 천 공자가 살아 있어요."

그녀의 말에 백운회는 쓴웃음을 깨물었다.

지금 빙봉의 지적은 날카로웠다.

사파의 무상과 문상이 절강성의 질서와 치안을 지금처럼 잘 유지할 수도 있다. 하지만 이곳의 민초들은 그들을 인정하지 않을 것이다.

왜냐하면 천류영이 살아 있으니까.

이곳의 백성들에게 천류영은 우상이었다. 그런 천류영의 세력을 몰아낸 사파인들을 인정하지 않고 저항할 공산이 컸다.

또한 천류영은 사파와 충돌할 수밖에 없다. 그때, 이곳에서 싸우게 된다면 절강성의 민초들은 천류영을 돕기 위해 다시 일어설 가능성이 높았다.

그렇다면 사파인들도 그런 상황을 막기 위해 민초들을 분열시키고 탄압할 수밖에 없는 것이다.

모용린이 말했다.

"당신도 패왕의 별을 꿈꾸는 영웅. 그렇다면 당신의 큰 계획뿐만 아니라 이곳의 민초들을 위해 최선을 다해주세요. 검봉에게 전해 듣기론, 당신도 이곳에서 왜구를 몰아내는 데 일조했다고 들었어요. 그렇다면 당신도 이 땅의 민초들에게 약간이라도 애착이 있지 않겠어요?"

백운회는 모용린의 시선을 받으며 고개를 끄덕였다.

"제법이군. 거절할 수 없는 동기를 또 하나 만들어주고."

모용린이 특유의 차가운 미소를 머금었다.

천마검이 자신의 원대한 그림을 위해 천류영을 돕는다고는 했지만, 전황이 어려워지면 도중에 빠질 공산이 컸다.

천류영이 살아 있다면 천마검에겐 그것을 확인한 것만으로도 족할 테니까. 기실 이 절강무림은 작금의 천마검에게는 그리 큰 의미를 갖지 않는 것이다.

천류영은 사천무림으로 가면 되니까. 그곳에서 천마검과의 약속을 이행해도 무방하니까.

어쨌든 모용린은 자신의 설득이 주효했다고 믿으며 다시 말했다.

"저는 포기하지 않아요. 여기서 죽더라도 우리가 지키려는 가치는 두고두고 기억될 테니까. 그것만으로도 충분한 가치가 있는 희생이니까."

백운회는 모용린의 눈을 뚫어지게 보며 엷은 한숨과 함께 고개를 끄덕였다.

"그래, 나도 너와 끝까지 함께하지. 적어도 오늘만큼은."

모용린이 빙그레 웃었다.

"고마워요."

"……."

"영웅을 꿈꾸는 자, 영웅을 죽이라는 말이 있어요. 천마검, 당신의 꿈인 패왕의 별이 되기 위해서라도 무상을 반드시 없애주세요."

"……."

"당신이 무상을 제거해 준다면, 나도 인정하죠. 당신이 패왕의 별이 될 유력한 인물임을."

백운회가 시큰둥하게 말을 받았다.

"원래 유력하다. 아니…… 내가 패왕의 별이다."

"과연 그런지 지켜보죠."

그녀는 다시 전장으로 시선을 옮겼다. 그러고는 횡진의

끄트머리에 자리 잡고 있는 당문세가를 불렀다.

"당천위 가주님!"

전장을 초조하게 지켜보던 당천위가 모용린을 향해 고개를 돌렸다.

천마검의 출격을 위해서는 야월화의 시선을 돌려야 했다. 그걸 위해서 당문세가가 나설 시간이었다.

모용린과 당천위의 눈빛이 교환됐고, 당천위가 고개를 끄덕였다.

팔천여 명으로 구성된 추행진.

그 삼각 편대의 선두 꼭짓점은 무상 손거문을 필두로 정파의 방진과 연신 충돌하며 격렬한 전투를 펼쳤다.

또한 추행진의 중간 부분도 놀고 있지 않았다.

앞 전선에서 싸우는 동료들이 부상당하면 뒤로 후송했고, 종종 앞으로 이동해 최전선에서 싸우고 있는 동료들이 숨 돌릴 틈을 만들어주었다.

하지만 추행진의 후위는 상황이 달랐다.

녹림도로 구성된 그들은 이번 전투에서 자신들은 딱히 별다른 역할이 없다는 것을 이미 알고 있었다.

굳이 의미를 부여한다면 정파인들로 하여금 병력의 차이를 느끼게 해주는 정도랄까?

대산 총표파자는 심드렁한 낯빛이었다.

군이 자신들이 없어도 승패가 확정된 것이나 진배없는 싱거운 전투.

광혈창이 곁에서 입을 열었다.

"이렇게 가만히 있어도 되는 건지 모르겠습니다."

대산은 차가운 실소를 뱉고 대꾸했다.

"문상이 우리를 견제하는 것이지."

"……."

"흥! 나에게도 패왕의 별이 될 기회를 준다고 말은 번드르르하게 해놓고서는."

그는 고개를 돌려 멀찍이 떨어져 있는 야월화를 보고는 야멸차게 말을 이었다.

"두고 보자. 네년이 내 앞에서 눈물을 흘리며 애원하게 될 날이 머지않았으니."

광혈창이 답답한 표정을 짓고는 소리 죽여 말했다.

"아버지, 저는 아직도 배교와 손잡는 것이 망설여집니다. 꼭 그리하셔야 되겠습니까?"

대산이 눈살을 찌푸리고는 기가 막힌다는 얼굴로 광혈창을 쏘아보았다.

"다 끝난 얘기를 왜 또 끄집어내는 것이냐?"

"……."

"몇 번이나 말하지 않았느냐, 강한 자가 아니라 끝까지 살아남는 자가 승자라는 것을. 그것이 역사라고……."

광혈창이 고개를 저으며 대산의 말을 끊었다.

"최후의 승자가 된다고 해도 패왕의 별이 될 수는 없을 겁니다."

대산의 눈꼬리가 사납게 올라갔다. 그러나 곧 표정을 풀며 고개를 저었다.

"전투가 한창이다. 나중에 얘기하자."

"전투라고 해도 우리가 할 일은 나중에 패잔병이나 쫓으면 되겠지요."

"……."

"아버지, 세상이 우리를 패왕의 별로 인정하지 않는다면, 결국 끊임없이 저항을 받다가 무너지게 될 겁니다."

"네 녀석이 정말 끝까지!"

"아버지, 저는 아버지를 존경하고 녹림을 사랑합니다. 그렇기에 용기를 내 간언하는 것임을 아시지 않습니까?"

대산은 입술을 깨물었다가 손을 들어 광혈창의 어깨를 가볍게 두드렸다.

"알지. 사심 없이 녹림을 아끼는 너라는 걸 잘 알기에 내 너를 중용한 것이지. 하지만 네가 계속 이렇게 딴죽을 건다면 나는 너를 내칠 수밖에 없다."

"아버지……."

"지금처럼 나를 믿고 따라와라. 그러면……."

대산은 잠깐 뜸을 들이다가 주변을 확인한 후 낮게 말했다.

“차기 녹림의 주인은 네가 될 것이니.”

그때, 야월화가 공력을 실어 외쳤다.

“녹림! 좌우에서 정파의 별동대가 움직이고 있습니다! 맞을 준비를 하세요!”

그녀의 고함이 아니더라도 대산은 정파의 후위에 있는 횡진의 양 끄트머리가 움직이는 것을 보고 있었다. 전장을 우회하는 그들을 보며 대산이 피식 웃다가 혀를 찼다.

“똑똑한 계집이 웬일로 실수를 다하는구나. 저놈들이 노리는 것은 추행진의 후위인 우리가 아니라 야월화 네년일 텐데.”

말하는 어조에 다급함이나 초조함은 전혀 없었다.

광혈창도 동의한다는 기색으로 고개를 끄덕였다.

정파의 별동대라고 해봐야 오륙백 명 정도로 보였다. 저들이 미치지 않고서야 고작 저 인원으로 추행진을 포위하거나 후위를 공격하지는 못할 것이다.

사실 책사인 야월화를 노리는 것도 여의치 않았다. 그녀 주변에는 이천여 명의 무사들이 배치되어 있으니까.

하지만 그럼에도 불구하고 정파인들은 야월화를 노리려는 시도를 하는 것이 자명했다.

왜냐하면, 그런 시도를 함으로써 무상 손거문의 전진을

늦추거나 그가 전투에 집중하기 어렵게 만들 가능성이 있으니까.

무상과 문상의 열애는 세상이 다 알고 있었으므로.

하지만 대산의 미간에 골이 파였다.

정파의 별동대들이 자신들을 향해 방향을 틀었기 때문이다.

"가소로운 것들. 심심한데 잘됐군. 몸이나 풀어야겠다."

전혀 긴장이라고는 찾아볼 수 없는 희희낙락한 표정. 그뿐만 아니라 광혈창을 비롯한 녹림도들은 좌우에서 짓쳐 드는 정파의 별동대를 보며 코웃음 쳤다.

고작 오륙백 명.

하지만 그들의 얼굴이 굳어지는 것은 순식간이었다.

당문세가의 가주, 당천위가 공력을 담아 외쳤다.

"당문인이여! 파기참신독(破氣斬身毒)을 꺼내라!"

"복명!"

녹림도 전원이 눈을 치켜뜨며 입을 쩍 벌렸다.

파기참신독.

처음 듣는 독이다.

그런데 이름부터 무시무시하다.

내공과 육체를 무너뜨린다는 뜻을 가졌다.

하지만 사실 이 독은 산공독(散功毒)이었다.

천류영이 미리 준비한 계책대로 적으로 하여금 알지 못하는 독으로 인식시켜 미지의 두려움을 갖게 하려는 목적.

절대고수인 대산도 당황하며 뒷걸음질 쳤다. 어지간한 독이라면 중독되더라도 내공으로 몰아낼 수 있는 경지다. 하지만 정체를 알 수 없는 독에 굳이 자신의 육체를 실험체로 내놓을 생각은 손톱만큼도 없었다.

더군다나 다른 곳도 아닌 당문세가가 아닌가!

그들이 새로운 독을 만들었다면 일단은 조심, 또 조심해야 했다. 이런 전투에서 꺼내는 것을 보면, 솔직히 무형지독 같은 무시무시한 독일 가능성이 높았다.

피독 효과가 있는 노루 장갑을 낀 당문인들이 품속에서 주머니를 꺼내 입구를 열었다. 기실 진짜 당문인들은 백여 명에 불과하지만, 사파인들이 그것을 알 수는 없는 노릇이었다.

녹림인들은 누구의 명도 하달되지 않았는데 꽁지 빠지게 뒤로 물러났다. 뿐만 아니라 추행진의 중간에 위치한 사오주의 무사들도 당황했고, 그로 인해 전열이 흐트러졌다.

정파의 횡진 뒤에 위치한 단.

모용린이 고개를 돌렸다.

백운회는 씩 웃고는 단 위에 꽂혀 있던 창을 빼내며 말했다.

"출전하지."

그가 단에서 무상을 뚫어지게 보다가 창을 앞으로 던졌다.

제28장
천마검의 판단 착오

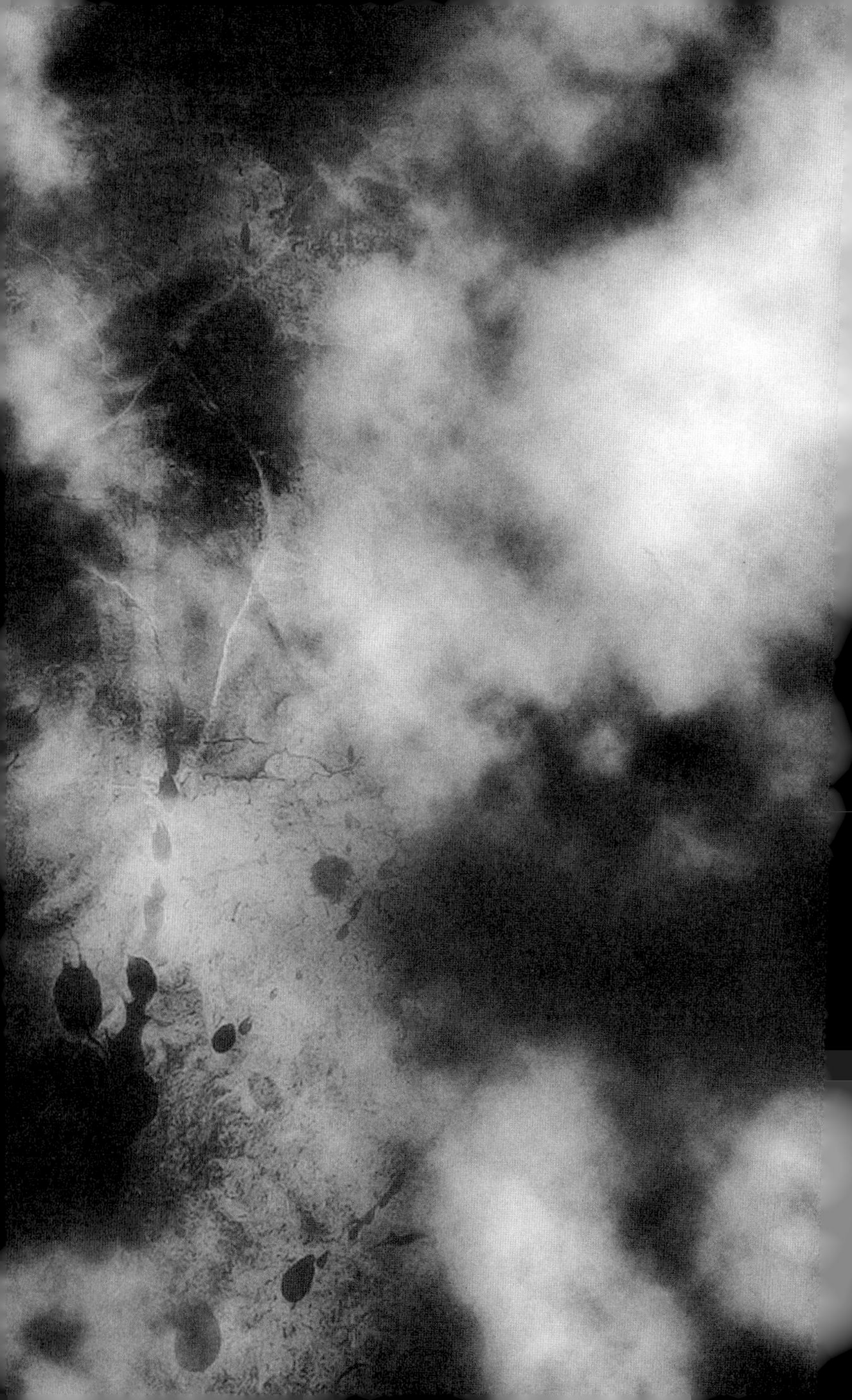

1

간석, 동주, 추원.

세 곳에서 출발한 진산표국의 분타들이 합쳐진 행렬이 길게 늘어서 있었다.

유독 말이 끄는 마차가 많은 그들은 표사와 쟁자수를 합쳐 모두 팔백여 명.

아무리 세 곳의 표국 분타가 합쳐진 것이라고는 하나 상당한 인원이었다.

이동하는 행렬의 최선두에서 말을 타고 있는 인물은 간석 분타의 표두, 구위였다.

삼 년 전, 천류영이 진산표국의 국주인 진담휘와 담판

을 벌일 때 천류영의 편을 들어준 보표. 동시에 짧은 기간이나마 천류영의 개인 무공 사범이었던 자.

그는 시간에 맞춰 전장에 당도하기 위해 적당한 속도로 무리를 이끌고 있었다.

구위는 전장을 향해 가면서도 싸움보다 천류영에 대해 더 많은 생각을 하고 있었다.

'정말 살아 계신 걸까? 부디 무탈하셔야 할 텐데.'

낭인으로 떠돌다가 무림이 싫어서 표국에 안착한 구위였다. 물론 표국도 크게 보면 무림의 일부이긴 하나 한 발 떨어져 있고, 배운 것이라고는 검술밖에 없으니 달리 선택할 길이 없었다.

그렇게 하루하루를 가능한 안전하게 살고 싶어 한 그가 다시 무림의 폭풍 속으로 발을 들이민 이유는 하나였다.

무림서생 천류영.

목적 없이 살던 그에게 무인으로서의 자긍심을 심어준 천류영이 없었다면 그는 결코 이 전투에 참여하지 않았을 것이다.

그는 고개를 돌려 자신을 따라오는 이들을 보고 히죽 웃었다. 이들도 마찬가지였으니까.

그의 미소를 본, 친구인 허 보표가 의아한 표정으로 물었다.

"왜 웃어? 곧 싸우다 죽을지도 모른다는 생각이 드니 실성한 거냐?"

"뭐, 그것도 나쁘지 않지. 그분의 땅을 지키다 죽는다면 무사로서 명예로운 죽음이라 할 수 있을 테니."

구위의 말에 많은 이들이 미소를 머금었다. 허 보표도 소리 없이 웃다가 말했다.

"이야, 우리 구 표두 나으리께서 많이 크셨네. 무사로서의 명예로운 죽음을 다 언급하시고. 이젠 정말 무사 같아 보이는데?"

그의 말에 많은 이들이 웃음을 터트렸다.

구위는 어깨를 으쓱하고 다시 앞을 보다가 미간을 접었다.

한 인마가 자신들을 향해 다가오고 있었다.

방갓을 쓰고 흑의를 걸친 그에게서 풍겨지는 느낌이 예사롭지 않았다.

그랬다. 그건 느낌이었다.

제법 거리가 있음에도 불구하고 뭐라 형용할 수 없는 위축감이 들게 하는 자였다.

구위뿐만 아니라 몇몇 이들도 비슷한 느낌을 받았는지 경계하는 기색이었다.

허 보표가 입을 열었다.

"구 표두, 고수다. 그것도 엄청난."

표국에서 오래 일한 표사들 중 눈썰미가 있는 이들은 무림 고수를 잘 간파했다. 그건 표행을 하면서 종종 부딪치게 되는 무림인들과의 관계가 매우 중요한 데서 오는 일종의 직업병 같은 것이었다.

구위는 대꾸 없이 고개만 끄덕였다.

따각, 따각, 따각, 따각.

정체불명의 방갓사내와의 거리가 가까워졌다. 그 사내는 방갓을 살짝 들어 올리더니 말을 멈춰 세웠다.

그는 길 가운데에서 말 머리를 옆으로 틀었다.

누가 봐도 명백히 길을 가로막는 모습.

구위는 입맛을 다셨다.

자신들은 팔백 명이고, 저자는 한 명이다.

미치지 않고서야 혼자서 시비를 걸 수 없는 일이다.

하지만 구위를 비롯한 경험 많은 이들의 이마엔 깊은 고랑이 파였다.

팔백 명 앞을 막아설 수 있다는 것은 그가 얼마나 강한 인물인지 보여주는 것이기도 하니까.

시비가 붙어 싸움으로 번진다면?

당연히 이긴다.

저자가 절대고수가 아닌 이상 자신들이 질 일은 없다. 하지만 저자로 인해 시간을 낭비하는 것이 마음에 걸렸다. 또한 피해도 적지 않게 나올 테고.

구위가 일행을 멈춰 세우고 앞으로 말을 몰았다.

삼 장의 거리를 두고 멈춘 구위가 입을 열었다.

"우리에게 볼일이라도 있습니까?"

방갓사내가 구위와 뒤에 있는 이들을 가만히 보다가 고개를 끄덕였다.

"그렇소."

"무슨……."

그가 구위의 말을 끊었다.

"그대가 구위 표두요?"

구위는 당혹스러운 표정을 지으며 입술을 깨물었다. 자신을 알고 있는 이 사내는 누구란 말인가.

방갓사내가 소리 없이 웃고는 말했다.

"맞군."

"……."

"함께 갑시다. 돕겠소."

"아니, 우리가 뭘 하려는지 어떻게 알고 돕겠다는 겁니까?"

약간은 짜증이 섞인 질문에 방갓사내가 대꾸했다.

"당신은 무명 대협에 대해 알고 있다고 빙봉에게 들었소."

"……!"

구위가 눈을 동그랗게 떴다가 침을 삼켰다. 그의 시선

이 방갓사내의 발에 닿았다.

바지와 신에 가려 보이지 않지만, 자연스럽지 않았다.

'의족이구나.'

순간, 그의 뇌리로 한 인물이 떠올랐다.

무명 대협의 진짜 정체인 천마검과 아주 가까운 사이.

섬마검 관태랑.

구위는 다시 침을 삼켰다.

관태랑은 구위가 자신의 발을 보고 침을 삼키자 싱긋 미소 짓고 말했다.

"시간에 맞추기 위해 속도를 늦추는 건 알겠지만, 굳이 그럴 필요가 있겠소?"

구위는 경계의 눈빛으로 반문했다.

"당신 정체는 짐작했소. 하지만 왜 우리가 당신과 함께해야 하오?"

"다시 말하겠소. 서두르는 게 낫지 않겠소? 전장에서는 어떤 일이 생길지 모르는 법이오. 그렇다면 근처까지 미리 당도해 상황을 살피는 게 낫다고 생각하오."

"……."

"동의하시오?"

구위는 한숨을 쉬고 답했다.

"너무 빨리 당도하면 적에게 간파당할 위험이 있소."

관태랑은 고개를 저으며 말을 받았다.

"그건 간단하게 해결할 수 있소. 몇 명이 척후로 먼저 움직이면 되오."

"……."

"동의하시오?"

구위는 손으로 관자놀이를 긁적거리다가 고개를 끄덕였다.

"동의하오. 하지만 왜 우리가 당신과 같이 움직여야 하는지 모르겠소. 혹 당신이 다른 꿍꿍이를 가지고 있을지도 모르는데……."

그의 말을 관태랑의 웃음이 끊었다.

"하하하, 하하하하!"

시원한 웃음이었다.

관태랑은 그렇게 잠깐 웃고는 말했다.

"당신들의 인원이 팔백 명 아니오?"

"……."

"설마…… 나 한 명이 겁나는 거요?"

구위는 한숨을 쉬었다.

겁났다.

섬마검 관태랑은 타고난 재능과 노력으로 누구보다 빠른 성취를 보인 노력형 천재라 알려져 있었다. 또한 특급 고수일 때 절정고수를, 절정고수일 때는 초절정고수를 여럿 죽인 실전의 대가이기도 했다.

천랑오마 중 수석이었으며, 지금은 천랑대주인 인물. 마교 최강의 부대라는 천랑대의 대주를 겁내지 않으면 대체 누구를 두려워해야 하는가.

발 하나를 잃어 의족을 했다고 그의 강함이 어디로 사라지는 것은 아니었다.

구위가 잇달아 한숨을 내쉬자 관태랑이 부드럽게 말했다.

"우리는 한편이오."

"……."

"적어도 오늘은."

*　　　*　　　*

"으아아아아!"

남궁수는 고함을 지르며 검을 휘둘렀다.

슈캉!

있는 힘껏, 그것도 내공을 가득 실은 그의 검은 손거문이 가볍게 휘두른 대도에 너무나 터무니없이 훌쩍 튕겨 나갔다.

한 번 충돌이 일 때마다 몸이 주르륵 밀려나며 손목이 시큰하고 아렸다. 하지만 남궁수는 눈에 핏발을 세우고 달려들었다.

아버지의 원수이자 검학자 장로님의 원수. 그리고 가문의 많은 선배와 후배들의 원수기도 했다.

쇄애애액!

쨍쨍!

한순간에 두 번의 부딪침. 그리고 손거문의 주먹이 득달같이 달려들었다.

콰직.

"으윽!"

팔뚝을 얻어맞은 남궁수는 단말마를 흘리며 옆으로 팽개쳐졌다.

쇄애액, 쇄액, 쇄애액.

금검단주를 비롯한 금검단 조장들이 손거문을 덮쳤다. 뿐만 아니라 피투성이인 팽가주와 왼팔을 잃은 개방주 황걸도 연신 움직였다.

파라라라라.

손거문의 발이 땅을 어지럽게 밟으며 짓쳐드는 도검을 피했다. 그렇게 소나기처럼 쏟아지는 공세를 피하는 와중에도 반드시 공격을 했다.

슈갓! 서걱!

"으아아악!"

금검단의 삼조장이 비명을 지르며 엎어졌다. 오른 가슴에서 왼쪽 옆구리까지 깊게 갈라지는 중상이었다. 살아날 가능성은 전무했다.

파아앗, 팟팟, 파앗!

손거문을 향해 무수히 쏟아지는 검기. 하지만 손거문은 호신강기를 일으켜 그것들을 신경도 쓰지 않았다.

퍼퍼퍼퍼퍼어엉!

호신강기와 충돌하며 소멸하는 검기들.

손거문은 오로지 진검만 피하거나 마주치면서 대도를 휘둘렀다.

스으읏!

"컥!"

팽가주가 단말마를 뱉으며 뒤로 나동그라졌다. 뺨에 혈선이 생기더니, 이내 갈라져서 핏물이 주르륵 흘러내렸다. 이미 피 칠갑을 한 얼굴이라 더 붉어질 곳도 없는 얼굴.

손거문이 그를 따라가 숨통을 끊으려다가 옆으로 파고드는 금검단주를 향해 대도를 꺾었다.

슈캉! 쩡쩡쩡, 쩌어엉, 쩡쩡쩡!

손거문이 대도를 휘두르면서 왼손을 옆으로 뻗었다.

부우우웅.

붉은 기운이 황걸에게 폭사했다.

콰아아앙.

황걸은 비틀거렸지만, 다시 앞으로 발을 내디뎠다. 자신이 물러나면 금검단주가 위험했다. 다른 동료의 지원이 있기 전까지 아주 잠깐만 막아주면 된다.

손거문의 입가에 흐릿한 미소가 스쳤다. 동시에 그의 대도가 허공을 사납게 할퀴었다. 지금까지보다 훨씬 가공할 속도로.

파아아앙.

공기가 뒤늦게 압축됐다가 풀어지면서, 대도가 지나간 자리에서 파공성을 터트렸다. 그러자 금검단주의 얼굴이 반쪽 났다.

파직!

피와 뇌수가 허공으로 솟구쳤다.

달려들던 남궁수가 마른 울음을 터트렸다.

가문에서 가장 강한 고수 중 한 명이며, 자신의 든든한 후원자였던 금검단주마저 생을 달리했다.

"으아아아아!"

울음인지 기합인지 모를 괴성이 그의 입에서 새어 나왔다. 손거문의 거대한 주먹이 개방주의 안면을 찍었다.

콰직.

"커흑!"

코가 뭉개진 황걸의 신형이 허공으로 붕 떠서 뒤로 날아갔다. 그러더니 곧바로 그의 대도가 지척에 다가온 남궁수의 목을 향했다.

남궁수는 자신의 죽음을 직감했다.

피하기엔 늦었다. 하지만 놈에게 작은 상처라도 주고 싶었다. 그래서 오히려 한 발 더 앞으로 내디디며 검을 뻗었다.

자신의 검이 무상의 살갗에 닿을 수만 있다면, 혼백을 악마에게 팔 수도 있을 것 같았다.

손거문이 코웃음 쳤다.

"어림없다, 애송이."

그의 대도가 남궁수의 목을 가르려는 순간, 그의 굵은 검미가 꿈틀거렸다.

쇄애애애액!

마치 허공을 두 쪽 내버릴 것 같은 기세의 창이 손거문에게 짓쳐 들었다. 손거문은 어금니를 깨물며 뒤로 공중제비를 돌았다.

가볍게 피하고 싶었지만, 죽음을 도외시한 남궁수의 검 때문에 어쩔 수 없는 선택이었다.

무상 손거문.

그가 전투에 나서서 처음으로 전진을 멈추고 뒤로 물러난 것이었다.

정파의 명숙들과 금검단의 합격에도 꿋꿋하게 한 걸음씩 전진하던 그가.

그만큼 자신을 향해 날아온 창에 담겨진 위력이 범상치 않았다.

땅에 착지한 그가 빠르게 전면을 훑었다.

"와아아아아아!"

여전히 사방에서 울려 퍼지는 함성.

"으아아악!"

비명도 끊임없이 계속됐다.

손거문은 그 짧은 순간에 야월화를 떠올렸다.

그는 당문의 개입으로 추행진이 갈라지고 있음을 알고 있었다. 그렇기에 그녀는 지금 자신의 행보를 보지 못하고 있을 것이다. 그것이 조금 아쉬웠다.

혹시 당문인들이 독과 암기로 사매를 노리는 건 아닐까?

하지만 그는 이내 고개를 저었다.

고작 오륙백 명이었다. 그 인원으로는 추행진의 후위를 끊는 것도 벅차다. 이천여 명이 호위로 있는 사매에게는 접근조차 할 수 없을 것이다.

물론 당문의 독이란 것이 신경 쓰이기는 했다. 다른 곳도 아닌 당문이니까.

하지만 말 그대로 신경이 쓰일 뿐, 크게 개의치는 않았다. 정말 큰 위협이 된다면 자신이 나서서 처리하면 되니까. 사매가 위험한 것도 아닌데 뒤돌아서고 싶지는 않았다.

이제 정파의 방진은 거의 와해되었다. 앞으로 백여 걸음만 더 가면 횡진이고, 얼마 안 남은 횡진의 정파인들을 정리하면 전투는 사실상 종결이다.

그러니 지금은 앞으로 향하는 것이 맞았다. 뒤로 방향을 틀면 전투 시간만 길어진다. 더 빨리 전투를 끝내는 것이 피해를 최소화하는 것이다.

자신의 전진을 막은 창이 거슬리긴 하지만, 탈진해서 숨을 격하게 몰아쉬는 남궁수를 끝장내려고 발을 내디디다가 멈췄다.

방진이라고 부를 수도 없게 된, 이제는 그저 정파인들이 옹기종기 모여 발악하고 있는 그들 틈에서 한 사내가 모습을 드러냈다.

그리고 손거문은 자신도 모르게 숨을 들이켰다.

어찌 잊을 수 있겠는가.

천류영과 함께 지부로 찾아와서는 자신과 팔씨름을 겨룬 상대.

제대로 된 승부를 펼치고 싶었는데 홀연히 종적을 감춰 아쉽던 인물.

무명 대협.

손거문의 귀에서 소음이 잦아들었다. 주변에서 싸우는 이들의 모습이 하나씩 사라졌다.

이윽고 그의 눈에는 그 사내만 들어왔다.

손거문의 입꼬리가 올라갔다.

"내가 네놈을 얼마나 수소문했는지……."

손거문은 이맛살을 찌푸리며 말을 끝맺지 못했다.

파앗!

천마검이 이형환위로 손거문 앞에 순간 이동했다. 동시에 그의 무쌍검이 벼락처럼 떨어졌다.

쇄액, 쇄액.

손거문의 대도가 마중 나갔다.

쾅!

철과 철이 부딪쳤는데 폭음이 일었다. 두 개의 칼에 어린 강기 때문이었다.

스르르릉.

무쌍검이 대도의 도신을 긁으며 미끄러져 내렸다. 그러자 대도가 방향을 비틀며 무쌍검을 떨쳐 냈다.

바로 그 순간, 천마검이 발을 앞으로 뻗었다.

패애앳, 턱.

그 발을 손거문의 왼손이 막았다.

"어림……."

손거문의 눈이 화등잔만 해졌다. 천마검의 발이 손거문의 손바닥을 밀어냈다.

콰직!

뒤이어 천마검의 발이 손거문의 배를 때렸다. 비록 손으로 충격을 완화하긴 했지만, 발에 담겨 있는 힘이 만만치 않았다.

부우우우웅.

손거문의 신형이 허공으로 붕 떠서 이 장여 날아갔다.

지금껏 단 한 번도 없던 광경에 뒤에 있던 사파인들이 대경했다. 동시에 일방적으로 밀리면서 언제 무명 대협이 나오나 기대하던 정파인들의 눈에 처음으로 희망을 담은 빛이 일렁였다.

차악.

손거문이 볼썽사납게 땅을 뒹구는 모습은 없었다. 그는 두 발로 착지하고는 고개를 천천히 빙글 돌리며 말했다.

"그때 힘을 전부 내보인 것이 아니었군."

천마검이 싱긋 웃고 답했다.

"그럼 네 팔이 부러졌겠지."

"훗, 네 이름은 아직도 무명인가?"

"날 이긴다면 진짜 이름을 알 수 있겠지. 하지만 그럴 일은 없을 거야."

천마검과 손거문의 신형이 동시에 사라졌다.

그리고 가운데 지점에서 모습을 드러낸 둘이 거침없이 도검을 휘둘렀다.

쇄애애액, 쨍쨍쨍쨍쨍쨍쨍, 째애애앵!

도검이 충돌하는 소리가 허공을 길게 울리며 퍼졌다. 둘의 신형 주변으로 도검이 지나가는 자리에 피어나는 잔상이 빛무리를 피워 올렸다.

마치 두 사내가 맞붙어 동시에 검막을 시전하는 것 같았다.

콰콰콰콰콰아아아앙.

폭음이 터지기 시작했고, 둘의 칼에서 강기가 쏟아져 나오며 충돌하고 사방으로 튀었다. 그로 인해 주변 십여 장 내에 있던 무림인들이 기겁하며 물러났다.

그러다가 어느 순간 둘이 멈췄다.

무쌍검과 대도가 예(乂) 모양으로 붙은 채 힘겨루기에 들어갔다.

지잉, 지이이이잉.

두 칼이 요란하게 울어 댔다. 서로의 칼날을 긁으며 밀어내거나 갑자기 방향을 틀 수도 있다는 경고를 보냈다. 하지만 자칫 판단을 실수하면 치명적인 피해를 입을 공산이 컸다.

먼저 움직인 건 천마검이었다. 그가 갑자기 검을 놓았다. 뒤쪽으로 튕겨 나가는 무쌍검.

대신 그의 주먹이 짓쳐 드는 대도의 옆 날을 쳐냈다.

텅!

옆으로 이동했다가 다시 천마검에게 향하는 대도. 하지만 허를 찔린 손거문보다 천마검이 빨랐다. 그의 주먹이 손거문의 가슴을 강타했다.

콰직!

손거문의 이마와 목에 핏줄이 도드라지고, 얼굴이 시뻘겋게 달아올랐다. 하지만 그는 뒤로 물러서지 않았다. 오히려 왼손으로 자신의 가슴을 강타한 천마검의 손목을 낚아챘다.

잡아챈 손을 꺾으려는 순간, 천마검의 왼손이 손거문의 왼 손목을 움켜쥐었다.

빙그르르르.

천마검이 움직이는 방향으로 둘이 동시에 회전했다.

손거문은 대도를 휘두르려 했으나 팔이 엉켜 여의치 않았고, 또한 천마검은 그러한 시도조차 하지 못하게 계속 몸을 이리저리 돌렸다. 그러다가 천마검이 갑자기 잡힌 손을 강하게 아래로 내렸다.

그 바람에 둘의 허리가 구부정해졌고, 얼굴이 가까운 곳에서 마주쳤다.

천마검이 말했다.

"난 칼을 포기하지 않았어."

"……!"

땅에 떨어트린 무쌍검이 천마검의 손 바로 아래 있었

다. 그리고 지금, 그 검은 천마검의 손에 빨려들고 있었다.

그 즉시 손거문이 무형지기를 일으켜 천마검의 허공섭물을 막았다.

무쌍검이 허공에 뜬 채 부르르 떨렸다.

손거문이 천마검을 노려보며 말했다.

"몸은 잘 풀었다. 이제 묵사발을 만들어주지."

그는 말하는 동시에 전신에 힘을 주며 허리를 폈다. 천마검이 저지하려고 했지만, 손거문의 허리는 조금씩 펴졌다. 마침내 그가 꼿꼿이 섰을 때, 대도를 손에서 놓았다.

2

정파와 사파가 격돌하는 평야에서 상당한 거리를 두고 떨어져 있는 야산.

열댓 명이 산 정상에 서 있었다.

그들의 정체는 흑천련의 수장들과 호위들.

내공을 이용해 안력을 높인 사자탑주는 천마검과 무상의 대결을 지켜보며 입을 열었다.

"대단하군. 이제 막 시작했는데 벌써 손에 땀이 흥건할 정도야."

대결을 직접 눈으로 확인하자고 주장해, 동료 수장들을 끌고 온 쾌활림주가 고개를 끄덕이며 깔깔 웃고는 대꾸했다.

"세상에서 제일 재미있는 것이 불구경과 싸움 구경이라는 말이 있잖아요. 하물며 천마검과 무상의 대결을 단순히 결과로만 듣는다면 죽을 때까지 두고두고 아쉽지 않겠어요?"

흑천련의 수장들이 동의한다는 듯이 일제히 고개를 끄덕였다. 혹시 대결을 보지 못할까 무리할 정도로 경공을 써서 달려왔다. 하지만 그건 분명 그럴 만한 가치가 있는 일이었다.

한 중년인이 입맛을 다시며 투덜거렸다.

"젠장, 나는 내공이 부족해서인지 세세한 동작은 전혀 볼 수가 없군."

그의 말에 모두가 기가 찬 표정을 지었다.

전장까지의 거리가 족히 육백여 장에 가깝다. 이곳에 있는 흑천련의 수장들이 절정에서 초절정고수라고 해도 대결을 자세히 살피는 것은 불가능했다.

쾌활림주가 고개를 절레절레 저으며 말을 받았다.

"여기 있는 그 누구도 불가능한 일을 너무 쉽게 말씀하시네요. 그저 흐름을 살피고, 볼 수 없는 것은 상상력을 발휘해도 충분히 흥미롭잖아요."

사자탑주가 맞장구쳤다.

"그렇지."

그들은 계속 두런두런 대화를 나눴다. 하지만 눈은 전장에 고정되어 있었다. 모두들 여유롭게 말하고는 있지만, 사실 이번 대결이 각 문파들의 앞날을 결정짓기 때문에 긴장하지 않을 수 없었다.

사자탑주와 마찬가지로 모든 이들의 손에는 식은땀이 흥건했다.

* * *

무상 손거문이 대도를 놓으면서 오른손이 자유를 얻었다. 그가 오른 주먹으로 천마검의 뺨을 노렸다.

파아앗.

천마검이 고개를 옆으로 젖히며 피하는 동시에 몸의 무게중심을 오른쪽으로 이동시켰다. 그의 신형이 기울어지며 무릎이 손거문의 배로 파고들었다.

"……!"

손거문은 속으로 경악했다.

이놈, 부딪치면 부딪칠수록 충격으로 다가왔다.

형(形)에 구애받지 않고 순간순간의 흐름에 몸을 맡긴다. 또한 그 흐름 속에서 최선의 동작이 물 흐르듯 이어진다. 전에 부딪쳐 본 천존이라는 놈들과는 차원이 다른, 진짜배기!

무상은 잡혀 있는 왼팔을 젖혔다.

그러자 천마검이 기다렸다는 듯이 손거문의 손목을 놓아주며 옆으로 팽개쳐지듯 빙글 돌아서 착지했다.

어느새 천마검에게 다가온 손거문이 빠르게 주먹을 뻗었다.

탁.

천마검의 오른 손바닥이 주먹을 막는 동시에 왼 손날로 손거문의 주먹 쥔 손의 팔을 부드럽게 옆으로 밀었다.

힘을 막고 흘린다.

그렇게 밀어내는 팔을 어느 순간 잡아채고 돌렸다.

손거문의 입에서 자신도 모르게 탄식이 흘렀다.

어떻게 봐도 자신이 승기를 잡는 순간이었다. 그런데 이리 가벼운 동작으로 상황을 반전시키다니.

탄식 뒤로 쓴웃음이 새어 나왔다.

정파에 이런 인물이 있었다니. 대체 이런 괴물이 그동안 어디에 숨어 있다 튀어 나온 것인가.

손거문은 천마검의 힘에 저항하지 않고 몸을 비틀어 돌리며 발을 쳐올렸다.

쇄애액!

파공성이 일 정도로 빠르고 강한 옆차기.

콰직!

"음……."

그의 발이 천마검의 어깨를 강타하며 천마검의 잇새로 나직한 신음이 흘렀다. 그런데 손거문의 입에서도 고통의 단말마가 옮게 튀어나왔다.

"크!"

천마검이 발차기에 당하는 순간, 잡아챈 발목을 비튼 것이다. 손거문이 워낙에 강골이라 큰 타격은 없지만, 자칫 연골이 나갈 수도 있는 위험한 순간이었다.

손거문은 자신의 육중한 몸이 허공에서 도는 순간에도 손을 활짝 펼쳤다.

파아아아아.

장력이 천마검을 덮쳤다.

찰나 흔들리는 천마검의 눈동자. 그의 입에서도 한숨이 흘러나왔다. 중심을 잃고 허공을 돌면서 장력을 뿜어내는 인간이 있다니!

콰아아앙!

천마검의 몸에 둘러진 호신강기와 장력이 충돌하며 폭음이 터졌다. 적지 않은 충격이 있을 터인데, 천마검은 잡고 있는 손거문의 발목을 아래로 냅다 꽂았다.

쿠우우웅!

손거문이 땅에 팽개쳐졌다. 천마검이 그의 옆구리를 걷어차려 했지만, 상체를 젖히는 손거문의 손을 보고 물러섰다.

파아아앗.

어느새 대도가 그의 손에 쥐어져 허공을 갈랐다.

아슬아슬하게 대도를 피한 천마검이 주변 땅을 훑으며 팔을 휘둘렀다.

부아아아앙.

장풍이 일며 흙먼지가 날렸다.

그 속에서 예닐곱 개의 날붙이들이 떠올라 손거문을 향해 짓쳐 들었다. 그리고 그중 하나인 무쌍검은 천마검의 손에 빨려 들어왔다.

쨰쨰쨰쨰애애앵!

손거문은 날붙이들을 쳐내고 땅을 박찼다. 팔 척 거구가 반 장의 높이로 도약했다가 천마검을 향해 떨어졌다.

쩌어엉!

천마검이 무쌍검으로 대도를 후려치자 손거문이 뒤로 주르륵 밀려났다. 그런 손거문을 향해 천마검이 진각을 밟았다.

콰콰콰콰콰아아앙!

땅이 움푹 갈라지며 흔들렸다. 하지만 손거문은 자신을 향해 쇄도하는 진각을 무시하고 앞으로 달렸다.

손거문이 발 디디는 곳마다 천마검의 진각과 충돌하며 폭발이 일었다. 어지간한 고수라도 고꾸라질 만한 충격이 가해졌을 텐데.

그 무식한 광경에 천마검이 혀를 내둘렀다. 상황의 긴박함도 잊고 헛웃음이 절로 나올 지경이었다.

쇄애애액.

손거문의 대도가 허공을 맹렬하게 긁었다. 수십여 개의 핏빛 강기가 폭사했다.

천마검의 무쌍검이 전면의 공간을 헤집었다.

콰콰콰콰콰콰아아앙! 쩡!

다시 무쌍검과 대도가 정면충돌했다. 그것을 시작으로 칼과 칼이 쉼 없이 서로의 허점을 찾아 파고들고 베었다.

슈앙, 파파파팟! 쇄애액, 쨍쨍쨍!

또다시 강기가 그들 주변 사방으로 튀었다. 튀어 나간 강기가 땅에 충돌할 때마다 굉음을 일으키며 땅이 움푹 파였다.

둘의 신형에서 피어오르는 무형지기로 인해 땅에 누워 있던 잡초들이 어지럽게 춤을 추다가 이내 뿌리까지 송두리째 뽑혀 하늘로 날아갔다.

파팟! 파파팟.

대도가 천마검의 옷 몇 군데를 찢었다.

나풀거리며 떠오른 천 조각은 내려올 생각이 없는지, 풍랑을 맞은 배처럼 이리저리 허공을 배회했다.

슈앗!

손거문의 상의 가슴께가 가로로 갈라지며 탄탄한 가슴이 모습을 드러냈다. 그리고 그 가슴을 가로지르는 혈선에서 핏방울이 또르륵 흘렀다.

뒤이어 손거문의 대도가 천마검의 어깨를 살짝 스치자 옷이 갈라지며 수십여 개의 핏방울이 튀어 올랐다.

두 사내의 이마에, 그리고 귀밑머리에서 흐르다가 턱으로 떨어지는 땀방울이…… 두 사내가 뿜어내는 가공할 기의 폭풍에 휘말려 찌부러졌다가 순식간에 공중으로 사라져 버렸다.

둘의 단단한 몸 위로 자잘한 상처들이 늘어났다. 그러나 두 사내는 개의치 않고 상대의 치명적인 곳을 노리며 부단히 움직였다.

정신없이 칼과 칼이 서로의 허점을 노리는 가운데, 틈틈이 왼손이 움직였다.

소매를 잡아채는 듯하다가 꺾어 파고들고, 진입을 막다가 아예 몸을 회피하며 칼을 뻗었다.

두 사내는 자신들이 전장에 있다는 것도 잊은 채 오로지 상대방과의 승부에 몰입했다.

죽든가, 죽이든가.

이 간단한 명제만 남았다.

쇄애애액.

대도가 천마검의 허리를 쓸었다.

천마검은 허리와 팔을 비틀어 돌리는 전사경(纏絲勁)으로 대도를 흘리는 동시에 몸이 움직이는 방향에 순응해 힘을 증대시켜 반격했다.

쩌엉!

충돌의 순간, 손거문이 찰나 움찔했다. 그 틈에 천마검의 무쌍검이 대도를 따라 미끄러지며 손잡이를 때렸다.

쨍!

힘의 팽팽한 흐름이 미묘하게 깨지는 순간, 천마검의 왼 주먹이 폭사했다.

콰직!

그의 주먹이 손거문의 뺨을 강타했다.

"큭."

잇새로 신음과 함께 붉은 피가 튀어나왔다. 그뿐 아니라 그의 팔 척 거구가 옆으로 기우뚱거렸다.

그 대결을 지켜보던 사파인 중 하나가 다급한 어조로 외쳤다.

"무상님! 위험합니다아아!"

쇄애애액.

천마검이 중심을 잃은 손거문을 향해 검을 맹렬히 내질렀다.

흔들리는 손거문의 눈동자.

그가 대도를 힘껏 움켜쥐고 방향을 틀려고 했다. 하지만 직감적으로 늦었다는 것을 간파한 그는 자신이 갖고 있는 위엄도 잊고 땅바닥을 향해 몸을 던져 굴렀다.

고수라면 그 동작이 부끄러워 절대 사용하지 않는다는 뇌려타곤.

파파파팟.

무쌍검이, 그리고 그 검에서 쏟아져 나오는 강기가 손거문을 노렸다. 하지만 그 공격을 피해낸 손거문이 갑자기 주먹을 휘둘렀다.

주먹에 기운을 응축시킨 그가 선택한 건 용권풍.

붉은 용이 사납게 천마검을 덮쳤다.

천마검은 용권풍에 담겨 있는 가공할 힘을 느끼고 몸을 피하려다가 미간을 찌푸렸다.

손거문이 자신이 피하려는 공간으로 대도를 던지려는 걸 간파한 것이다.

용권풍을 피하면서 대도를 후려친다면?

그거야말로 손거문이 바라는 일일 것이다. 분명 대도를 후려치는 순간 자신의 가슴이 드러날 터, 심장은 반드시 보호해야 한다.

그렇게 찰나라고 할 수도 없는 짧은 순간, 천마검은 이어질 동작들을 간파했다.

"젠장!"

너무 가까이 붙어 있던 상황이라 선택의 여지는 없었다. 그랬기에 천마검은 호신강기를 더욱 끌어 올리며 양 팔을 얼굴과 가슴 앞에서 교차했다.

콰아아아아아앙!

어마어마한 폭음이 터졌다. 그와 동시에 천마검의 신형이 허공으로 떠올라 십여 장을 날아갔다.

두꺼운 담벼락도 단숨에 붕괴시킨다는 용권풍의 위력이 다시 모습을 드러냈다.

조마조마한 마음으로 지켜보던 사파인들이 환호했고, 정파인들은 망연자실한 표정이 되었다.

하지만 손거문은 '쳇!' 하는 소리를 뱉으며 천마검을 향해 몸을 날렸다.

그가 진짜 노린 것은 용권풍을 피하는 것이었기에. 뇌려타곤을 하며 급하게 용권풍을 펼치는 바람에 내공의 칠성가량만 들어갔다. 그 정도로는 저 괴물을 죽일 수 없다는 것을 손거문은 알고 있었다.

그의 대도가 '우우우웅' 거리며 울어 댔다. 손거문의 심후한 내공이 칼 속으로 가득 주입되고 있었다. 그렇게 그의 칼에서 붉은 안개가 스멀스멀 피어났다. 그 안개는 용의 형상을 띠며 더욱 뚜렷해졌다.

손거문이 익힌 무공 중 최고의 절학.

용검뇌.

천마검을 향해 움직이는 손거문을 중심으로 허공에 변화가 생겼다.

천마검과 충돌할 때도 몇 개의 돌개바람이 피어났지만, 이번엔 그 정도가 아니었다. 수십여 개의 돌개바람이 생겨나 제멋대로 춤을 췄다.

용권풍에서 벗어난 천마검이 고개를 절레절레 저으며 흙먼지 속에서 걸어 나오다가 눈을 빛냈다.

바람처럼 쇄도하는 손거문과 그의 대도에 서려 있는 붉은 용.

천마검은 자신도 모르게 호흡을 끊으며 무쌍검을 곧추 세웠다.

그러자 손거문의 대도가 허공을 찢었다.

하나의 적룡과 수백여 강기 세례가 천마검을 덮쳤다.

스르르릇.

무쌍검이 천천히 움직이는 듯싶더니, 어느새 맹렬하게 움직였다.

수비의 최고세라 불리는 검막.

퍼퍼퍼퍼퍼퍼어어어엉!

적룡에 앞선 강기 세례가 천마검이 펼치는 검막을 사납게 두들겼다. 이어 용검뇌의 정화인 적룡이 천마검을 삼켰다.

콰앙!

"쿨럭."

천마검의 기침 소리가 들렸다. 그와 동시에 천마검이 뒤로 밀리다가 이내 다시 허공에 붕 떠서 멀리 날아가 땅에 곤두박질쳤다.

사파인들이 함성을 질렀다.

"와아아아아아아!"

한편, 그 둘의 대결을 지켜보면서도 망가진 진형을 원진(圓陣)으로 재편하고 있던 모용린은 입술을 질끈 깨물었다.

얼마나 강하게 깨물었는지 입술이 찢어져 핏방울이 흘렀다.

"어서 부상자들은 원진 안쪽에 배치해요. 어서!"

그녀의 말이 없어도 정파인들은 부지런히 움직였다.

싸울 수 있는 자는 어림잡아 일천칠팔백. 사 할에 가까운 이들이 죽거나 싸울 수 없을 만큼 중상을 입었다.

정파인들은 모두가 깨달았다.

이번 전투는 패했다는 걸.

하긴 애초부터 큰 희망은 갖지 않았다. 전력 차가 너무 컸으니까.

당천위가 수하들을 데리고 원진에 복귀했다.

결국 그가 가진 독이 새로운 독이 아니라는 것이 들통난 것이다. 하지만 분명 수확은 있었다.

자신들을 향해 함부로 접근하지 못하는 사파인들을 삼백여 명이나 제거했으니까.

그러나 저들의 병력은 아직도 구천 가까이 건재했다.

사파 입장에서는 큰 손실이라고 불평할 수도 있을 것이다. 하지만 그들과 싸워야 하는 정파 입장에서는 한숨만 나오는 상황이었다.

원진의 가운데에서 모용린은 목소리를 드높였다.

"전투는 아직 끝나지 않았습니다! 끝까지 용맹스럽게 싸웁시다! 우리를 믿고 있는 항주, 그리고 절강성의 민초들을 생각합시다! 그리고 천하의 정파인들이……."

모용린은 말을 잇지 못했다. 원진의 정파인들이 함성을 질렀기 때문이다.

"일어난다, 일어났어!"

"무명 대협! 힘을 내시오!"

"와아아아아!"

전장에서 이탈될 정도로 멀리 튕겨져 나간 천마검. 땅

에 엎드려 있던 그가 몸을 일으키고 있었다.

그 모습에 손거문이 묘한 느낌의 장탄식을 뱉었다.

"후우우우……."

그렇게 한숨을 뱉은 그는 피식 웃었다.

"후후후, 질긴 놈이군. 하긴 왠지 이렇게 쉽게 끝날 것 같지는 않았어."

마음 같아서는 용검뇌를 펼친 후, 곧바로 따라붙어 숨통을 끊어버리고 싶었다. 하지만 용검뇌는 시전 후에 잠깐 동안 단전이 허해지며 몸을 움직이기 어렵다는 단점이 있었다.

그가 외쳤다.

"와라! 이 승부, 이젠 끝내야지!"

그의 고함이 허공을 쩌렁쩌렁 울렸다.

사파인들은 정파를 공격해야 한다는 것도 잊은 채 손거문과 천마검을 주시했다.

대산 총표파자가 천마검을 보며 말했다.

"재미있다 못해 흥분까지 되는군. 어디서 저런 놈이 갑자기 튀어나온 거지?"

광혈창이 고개를 끄덕이며 대꾸했다.

"정파인들이 무명 대협이라고 외치는 것으로 봐서는, 저들도 잘 알지 못하는 인물인 것 같습니다."

야월화도 천마검을 보았다. 그가 천천히 걸어서 다시

무상이 있는 전장 안으로 접근하고 있었다.

심안이 발동했다.

그러자 다시 가슴이 아플 정도로 꽉 조여왔다.

그녀는 정파의 원진을 보고는, 수하들에게 공격하라는 명을 내릴까 하다 잠깐 망설였다. 그러다 그녀는 고개를 저었다.

정파인들은 언제든 정리할 수 있다.

문제는 저 정체불명의 사내다.

자신의 심안이 발동한 건 분명 저 사내 탓일 거라 생각했다.

그렇다면 저 사내로 인해 사형이 위험해지는 걸까? 저 사내가 사형을 다치게 하거나 죽이는 걸까?

설마…….

그러면서도 불안했다.

당장 대산 총표파자를 비롯한 초고수들로 하여금 사형을 돕게 하고 싶었다. 하지만 그럴 수도 없는 것이, 사형이 역정을 낼 것이 분명했다.

그녀는 입술을 잘근잘근 깨물며 자신이 지금 어떤 선택을 하는 것이 가장 현명할지 고민에 빠졌다.

그냥 심안의 경고대로 사형을 도울까?

아니면 사형을 믿고 정파를 정리하는 일에 집중할까?

그녀 옆에 있는 흑살대주, 흑수륵이 입을 열었다.

"이번 전투, 별 긴장이나 흥미가 없었는데, 이런 일이 다 생기는 군요."

그의 음성은 들떠 있었다.

생각도 못한 정파의 초고수, 그리고 그를 상대하는 무상.

흑수륵처럼 지금 수많은 사파인들은 무상이 저 정파인을 제압하는 것을 보고 싶어 했다. 그것도 간절하게.

모든 수하들의 이런 염원을 외면하는 것은 결코 쉽지 않은 일이고, 또 옳지도 않았다.

무상 손거문은 그들의 우상이니까.

또한 그렇게 무상이 주목받아야 자신의 숙원인 패왕의 별에도 사형이 더 가까워질 테니.

결국 야월화는 일단 둘의 대결을 지켜보기로 했다.

만약 사형이 위험에 빠지면 도와야 하니까.

마침내 천마검이 전장 안으로 들어와 무상의 오 장 거리 앞에 섰다.

손거문의 눈에 이채가 스쳤다.

천마검의 얼굴에 수많은 주름이 생겨나 있었다. 하지만 그건 주름이 아니라 인피면구가 구겨진 것이었다.

"이봐, 이제 그 빌어먹을 인피면구 따위는 벗어버리지?"

천마검은 손으로 인피면구를 만지며 피식 웃었다.
"내가 판단을 잘못했어."
"……?"
"당문이 야월화의 시야를 막겠다고는 했지만…… 아무래도 그녀의 심안이 신경 쓰였지. 그래서 오판을 했군. 너는 내 진신 실력을 감추고 상대할 만한 자가 아닌데 말이야."
손거문은 사매의 심안을 천마검이 언급하자 놀란 표정을 지었다가 버럭 외쳤다.
"무슨 말을 하고 싶은 거냐! 어디서 구차한 핑계를……."
천마검이 그의 말을 끊었다.
"너만 한 무인에 대한 예의도 아니고. 그래, 미안하게 생각한다."
"……."
"이제 제대로 해보자고."
말을 마치며 그가 인피면구를 손으로 잡아 뜯었다.
그리고 드러나는 모습.
조각처럼 잘생긴 얼굴에 오른쪽 눈에서부터 빰을 가로질러 내려오는 상흔.
손거문의 목소리가 떨렸다.
"서, 설마! 너, 너는?"

천마검이 하얗게 웃었다.

"그래."

"……."

"나, 천마검 백운회야."

제29장
마협(魔俠) 천마검

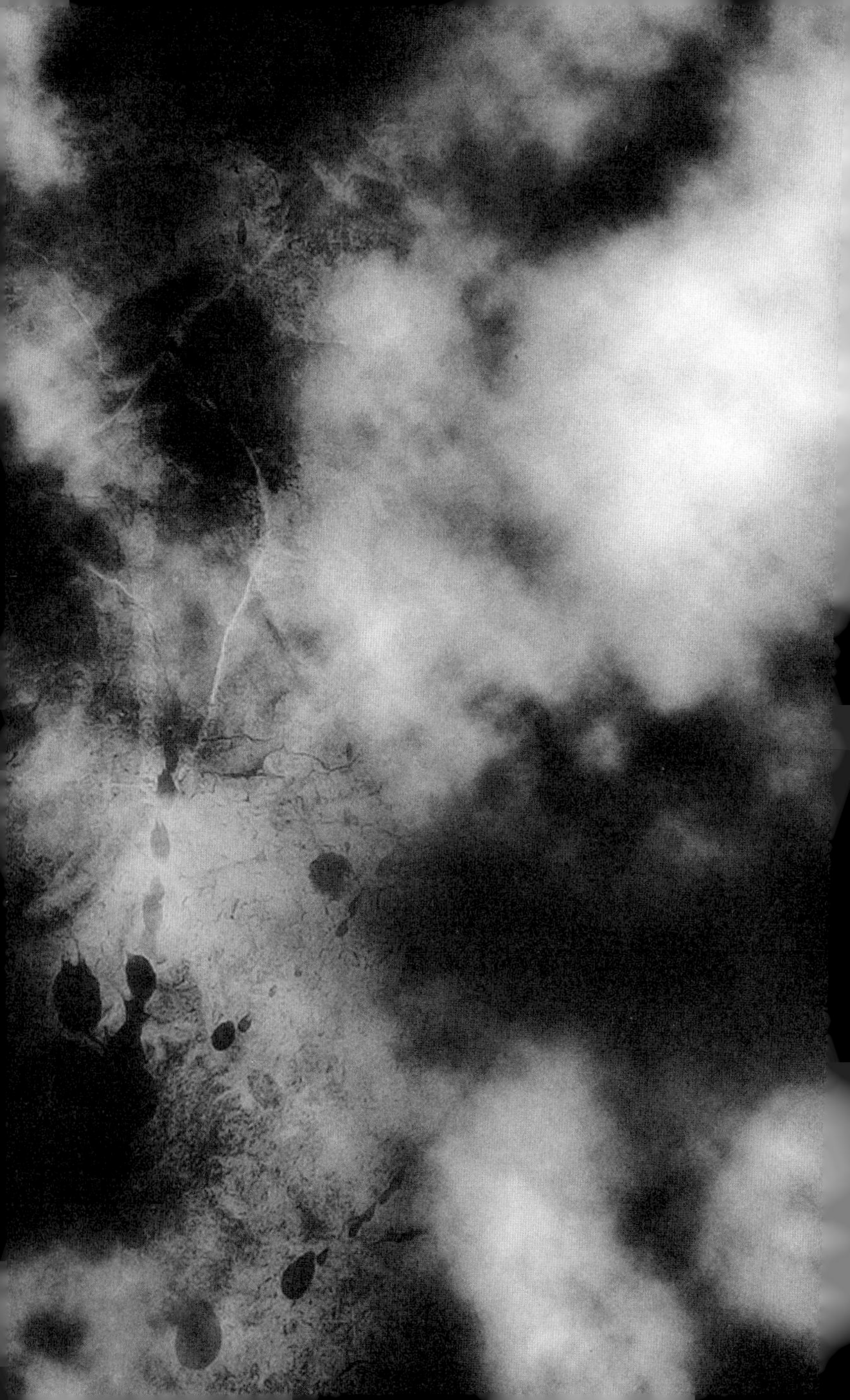

1

앞으로 보낸 척후가 돌아왔다. 그는 초조한 기색으로 구위와 관태랑에게 다가와 입을 열었다.

"상황이 아주 급박하게 돌아가고 있습니다. 우리 쪽이 벌써 상당한 피해를 입었는데, 무명 대협과 무상 손거문이 격돌하고 있었습니다. 그런데 아군의 피해가 너무 커서 얼마 버티지 못할 것 같습니다."

척후의 말에 표사로 위장하고 있던 정파인들의 표정이 하얗게 질려갔다.

벌써 무명 대협과 무상이 싸우고 있단 말인가.

그것이 의미하는 것은 간단했다.

이미 당문이 움직였다는 뜻이다.

원래 계획대로라면 자신들과 맞춰 움직였어야 하는데.

구위가 등자를 밟고 급히 말에 오르며 말했다.

“서두릅시다. 이러다가 전투가 끝난 다음에 도착하겠소.”

그의 말을 한 사내가 받았다.

“그거야말로 최악. 우리까지 각개격파될지 모르니 빨리 움직입시다.”

모두가 말과 마차에 오르려는데, 침묵하며 뭔가 골똘하게 생각하던 관태랑이 손을 들며 입을 열었다.

“잠깐만.”

모두가 이맛살을 찌푸리며 관태랑을 보았다. 한시라도 빨리 움직여야 하는 순간에 딴죽을 걸다니.

관태랑이 다시 말했다.

“지금 우리가 이렇게 지원 가는 것이 옳은 선택일까요?”

그를 바라보는 팔백여 정파인들의 얼굴에 황당함이 떠올랐다. 그리고 그 황당함이 분노로 변하는 건 순식간이었다.

구위도 마찬가지. 그가 버럭 성을 냈다.

“본색을 드러내는 거요? 자기 싸움이 아니라고 쉽게 말하지 마시오!”

정파인들이 분노를 숨김없이 드러내며 관태랑을 일제히 쏘아보았다. 하지만 관태랑은 담담하게 그 시선을 받으며 대꾸했다.

"상황이 뒤틀렸소. 그런데 원래 계획대로 움직이는 것은 어리석다고 생각하오."

구위의 눈가가 잘게 떨렸다. 흥분을 가라앉히고 보니 지금 섬마검은 시비를 거는 것이 아니라 대안을 제시하려는 것이었다.

또한 자신이 생각해도 이런 식으로 움직여 봐야 정파에게 큰 도움을 주기는 글렀다. 그래서 부끄러움을 무릅쓰고 물었다.

"생각해 둔 대안이라도 있소?"

관태랑이 빙그레 웃으며 어깨를 으쓱거렸다. 구위가 대답을 재촉했다.

"시간이 없소."

관태랑은 고개를 끄덕이며 자신을 바라보는 정파인들을 빠르게 훑었다. 그러고는 말했다.

"우리 부대를 나눕시다."

몇몇이 불만을 터트렸다.

"상대는 일만 군세요."

"우리가 뒤를 기습한다고 해도 고작 팔백 명. 더더군다나 상황이 꼬여서 그마저도 성공하기 어려운 인원이오.

한꺼번에 기습해도 인원이 모자랄 판에 부대를 쪼개는 건 더 위험하오."

"여기서 인원을 나누면, 그야말로 각개격파당하기 좋단 것을 모르겠소?"

계속 반대가 쏟아지려 하자 관태랑이 손을 들어 제지했다.

"시간이 없으니 핵심만 짚겠소."

"……?"

"이백 명씩 네 부대로 나눕시다."

정파인들은 관태랑이 자기 주장을 관철시키려는 모습에 반박하려고 했다. 하지만 이어지는 그의 주장에 입을 다물었다.

"우리에게는 네 부대요. 하지만 적에게는 열 개의 부대, 아니, 그 이상의 부대로 보이도록 위장해 봅시다."

모두가 꿀 먹은 벙어리가 됐다. 구위가 물었다.

"그게 당최 무슨 말이오?"

"사람은 눈에 보이는 것을 믿소. 또한 자신이 직접 들은 것을 더 신뢰하고."

"……."

"사파인들은 우리의 존재를 모른단 말이오."

"아니, 그러니까…… 그게 무슨 뜻이냔 말이오. 답답하게 돌려 말하지 말고……."

순간, 구위가 눈을 치켜뜨더니 말을 멈췄다. 정파인들 중 일부도 '아!' 하는 탄성을 뱉었다.

관태랑이 고개를 끄덕이며 말했다.

"지금은 원래의 계획이 뒤틀려 있는 상황. 그렇다면 약간 양념을 치는 것이 좋지 않겠소?"

"그러니까 귀하가 하고 싶은 말은……."

"맞소. 네 부대의 명칭을 간단하게 정합시다. 일(一) 부대, 칠(七) 부대, 십일(十一) 부대, 그리고 십오(十五) 부대."

"……."

"깃발에 그리 쓰고, 기습해 들어갈 때는 외치는 거요. '칠 부대가 왔다!' 라고."

정파인들은 쓴웃음을 머금고 서로 마주 보았다.

그렇게 각각의 부대가 다른 방향에서 순차적으로 돌입하면 사파인들은 과연 어떤 생각을 할까?

이(二) 부대나 삼(三) 부대도 있고, 사(四), 오(五) 부대도 뒤이어 연상할 것이다. 십(十) 부대와 십사(十四)부대도 떠올릴 것이고, 십육(十六) 이상의 부대까지 생각이 미칠 수 있었다.

전장이란 급박한 상황하에서 사람의 사고는 최대한 단순해진다. 물론 야월화 같은 책사는 속일 수 없을지도 모른다.

하지만 중요한 건 사파인들의 머릿속에 대규모 정파 지원군이 왔다는 생각을 주입하는 것이다. 또한 이들의 존재를 모르는 야월화도 당연히 전체의 인원을 알 수 없다. 그녀 역시 확신을 가지고 수하들을 설득하기 어렵다는 얘기다.

구위가 손뼉을 치며 반색했다.

짝!

"훌륭한 계책이오!"

*　　　*　　　*

전장이 내려다보이는 야산의 정상.

그곳에 모여 있는 흑천련 수장들은 탄성을 내뱉거나 탄식을 흘렸다. 그러다가 천마검이 용검뇌에 의해 쓰러지자 모두가 침묵에 빠져들었다.

승부란 어차피 한 명이 승리하고, 다른 한 명은 패할 수밖에 없다.

하지만 이곳에 있는 그들은 천마검이 그렇게 무너질 거라고는 생각해 본 적이 없기에 아무도 쉽게 입을 열지 못했다.

사실 무상이 쓰러졌어도 마찬가지였겠지만.

그러다가 다시 천마검이 일어나자 쾌활림주가 가장 먼

저 미소를 회복하고 주먹을 불끈 쥐었다.

"그렇지! 천마검이 그렇게 쉽게 당할 리 없잖아!"

그녀의 말에 사자탑주가 묘한 미소를 짓고 대꾸했다.

"그렇게라니? 무상이 천마검에게 펼친 무공은 용권풍과 용검뇌였소. 쾌활림주도 그 무공의 위력이 얼마나 경천동지한 것인지 잘 알고 있지 않소?"

"깔깔깔, 물론 잘 알죠. 하지만 상대가 천마검이라고요."

사자탑주를 비롯한 수장들이 고개를 끄덕였다.

그들이 생각해도 천마검은 결코 쉽게 꺾일 인물이 아니었다. 아니, 그가 누군가에 패한다는 것 자체가 상상이 안 됐다.

뭐, 무상 역시 그건 마찬가지였지만.

쾌활림주가 밝아진 안색으로 입을 열었다.

"자자, 이제 천마검의 진면목을 볼 수 있을 거라 장담해요. 솔직히 우리는 그가 마신지경에 올라섰다는 얘기만 들었잖아요. 그 이후에 그가 어떻게 싸웠는지는 보지 못하고, 그가 이룩한 전설 같은 얘기만 귀동냥했죠."

사자탑주가 쾌활림주를 향해 말했다.

"허허허, 마치 내기라도 걸 것 같은 표정이군요."

쾌활림주가 눈을 동그랗게 치켜뜨며 미소를 머금었다.

"어떻게 아셨어요?"

"허허허……."

"저는 천마검에게 황금 백 냥 걸죠. 내기에 동참하실 분, 안 계신가요?"

주저 없이 수장들이 하나둘 동참했다.

두 명은 천마검, 두 명은 무상에게 걸었다.

남은 한 명인 사자탑주에게 시선이 쏠렸다. 쾌활림주가 물었다.

"탑주님은 누구에게?"

사자탑주가 담담하게 대꾸했다.

"내 평소의 신념을 따르겠소."

"……?"

"이기는 편이 우리 편이오."

내기에 참가하지 않겠다는 뜻이었다.

* * *

자신의 정체를 밝힌 천마검은 누더기가 되어버린 자신의 상의를 벗어 던졌다. 너무 많이 찢어져서 거치적거리기만 했으니까. 그러자 태양에 그을린 구릿빛 근육이 모습을 드러냈다.

결코 과하지 않은 탄탄한 근육.

그는 그렇게 담담하고 자연스럽게 상의를 벗고, 하의의

요대를 약간 더 조였다.

어떻게 보면 기가 막힐 정도로 태평한 모습이었다.

하지만 다른 사람들은 그렇지 못했다.

천마검 백운회라는 정체가 밝혀진 순간부터 정파와 사파 모두가 침묵에 빠졌다.

천마검 백운회가 왜 뜬금없이 이곳에 나타난단 말인가. 모두의 머릿속이 핑핑 돌아갔지만, 답이 나올 리 만무.

가장 먼저 침묵을 깬 건 문상 야월화였다. 그녀는 천마검을 노려보다가 정파를 향해 악다구니를 썼다.

"이이이, 비겁한! 역시 너희 정파들은 위선자다. 그렇게 고고한 척하면서 뒤로는 마교와 손을 잡았단 말이냐!"

곤혹스러움에 빠진 정파인들이 원진의 가운데에 자리한 모용린을 보았다.

그녀는 입술을 깨물며 어느 선까지 진실을 밝히는 것이 좋을까 고민 중이었다.

지금 천마검의 돌발 행동은 이번 전투의 승패 여부와 상관없이 상당한 후폭풍을 가져올 사안이었으니까.

하지만 야월화의 질문에 대답한 건 천마검이었다. 그가 차가운 시선으로 야월화를 향해 말했다.

"네가 그렇게 말해봐야 저들은 내 정체를 몰라. 정체를 숨기고 돕겠다고 한 거니까."

"흥! 어디서 그런 말도 안 되는 거짓말을."

“네 상식으로 판단해라. 작금의 정파가 본 교와 손을 잡겠나?”

야월화의 눈가가 일그러졌다. 아울러 정파인들과 사파인들이 입술을 잘근잘근 깨물었다.

천마검의 말마따나 정파와 마교가 손을 잡는다는 것은 상상도 할 수 없는 일이었다. 당장 마교주가 이끄는 마교가 정파무림을 휩쓸고 있지 않은가.

말문이 막힌 야월화가 주먹을 부르르 떨다가 입을 열었다.

“중요한 건 결과지. 너는 예전 무림서생과 함께 우리 절강 지부에 찾아온 적이 있었다. 또한 일본벌을 소탕할 때도 무림서생과 협력했지. 즉! 너는 무림서생 때부터 지금까지 정파와 손을 잡고…….”

천마검이 그녀의 말을 끊고 물었다.

“그렇게 해서 내가 얻는 게 뭐지?”

갑작스러운 질문에 다시 야월화의 말문이 막혔다. 시간을 두고 천천히 생각해 보면 천마검이 그리는 큰 그림을 짐작할 수도 있을 것이다. 천마검과 마교주와의 관계가 매우 소원하다는 것을 잘 아니까.

다른 사람도 아닌 야월화라면 그런 추론을 내놓을 수 있었다.

하지만 뜬금없이 등장한 천마검으로 인해 머릿속이 뒤

죽박죽되어 버린 그녀는 해답을 바로 내놓을 준비가 되어 있지 않았다.

그녀가 입술을 우물거리다가 물었다.

"좋다, 네가 정파인들을 속이고 몰래 저들에게 잠입했다고 치자. 그럼 대체 왜 너는 정파인들과 함께 일하는가! 무슨 꿍꿍이인가!"

천마검이 태연하게 말했다.

"간단해. 나는 마협이니까."

마협(魔俠).

백운회에게 천마검이란 별호가 이름처럼 붙어 다닌다면, 마협은 그다음으로 유명한 별호였다.

야월화가 기가 찬 얼굴로 대꾸했다.

"그게 무슨 개소리지?"

"배교에 잡혔다 빠져나온 것이 우연하게도 이곳 절강성이었다. 너도 알겠지만, 절강성은 하늘도 버린 땅이었지."

"……."

"때마침 무림서생이 왜구를 소탕하려고 움직였다. 그의 대의명분이 내 소신과 맞아떨어진 것뿐이야."

야월화가 황당한 표정을 지었다.

"마, 말도 안 돼. 고작 그런 이유로 정파와 손을 잡았다고?"

백운회가 빙그레 웃고 말을 받았다.

"왜 말이 안 되지? 너희도 무림서생과 손을 잡고 왜구를 몰아내는 데 일조했잖아."

순간, 야월화의 말문이 막혔다.

사실 그 사건의 전모는 무림서생에게 속은 것이다. 하지만 그건 사파인들만 아는 진실.

실제로는 당시 무상이 이끄는 사오주가 왜구를 몰아낸다는 대의명분 아래 무림서생과 손을 잡았다고 세상은 알고 있었다.

무상을 패왕의 별로 만들려는 야월화에게 그런 소문은 반드시 필요한 것이었으니.

백운회가 재우쳐 말했다.

"나는 내 신념을 좇으며 산다. 본 교에서도 흉악한 범죄를 저지른 자들은 고위직이라도 가차 없이 쳐냈지. 또한 어려운 민초나 힘이 없어 핍박받는 자들은 그냥 지나치지 않았다."

사실이다. 그래서 그가 마협이라는 별호를 얻게 된 것이니까.

무상이 흥미롭게 지켜보다가 입을 열었다.

"좋다, 무림서생과 관련한 일은 그렇다고 치자. 그런데 진짜 중요한 문제는 지금 네가 왜 여기에 있느냐는 거야. 이번 전투는…… 너의 신념을 받쳐 줄 만한 것이 없을 텐데?"

천마검은 시선을 손거문에게 옮기며 싱긋 웃었다.

"왜 없다고 생각하지? 가장 핵심을 간과하고 있군."

"……?"

"너 같은 머저리가 패왕의 별을 탐내는 것을 구경만 할 수는 없잖아."

"……!"

"뭐, 흑천련이 너같이 한심한 놈에게 관심을 기울이는 것도 더 이상은 못 봐주겠고. 그래서 겸사겸사해서 나섰지."

무상의 얼굴이 시뻘겋게 변했다. 뿐만 아니라 사파인 전체가 분노했다.

그들의 우상인 무상이 심한 모욕을 받은 것이다.

야월화가 분기를 참지 못하고 외쳤다.

"감히! 감히 우리 사형을 가리켜 머……."

그녀는 머저리라는 단어를 입에 담을 수도 없어서 부르르 떨었다.

그러자 백운회가 정색하며 무상을 보았다.

"내 말이 틀렸나?"

"천마검, 네 정체가 드러난 이상 이곳에 네 편은 없다. 그런데도 광오할 뿐만 아니라 건방지구나."

"잠깐, 말을 돌리지 말라고. 넌 스스로 패왕의 별이 될 만한 인물이라고 생각하나?"

"물론, 그 자리는 오로지 나에게……."

"미안한데, 넌 자격이 없어."

야월화가 분기를 참지 못하고 외쳤다.

"사형, 저자를 죽여 버려요! 저런 무도한 자는……."

천마검이 검지로 야월화를 가리키며 그녀의 말을 끊었다. 눈은 무상을 직시하며.

"무상, 네가 패왕의 별이 되고 싶다면, 저 여인을 죽여라."

"뭐라?"

"자신의 마음에 들지 않는다는 이유로 수하나 시비들을 죽이는 계집이다. 권력을 위해 음모를 꾸며 선한 자들을 내모는 간신이다."

손거문의 눈가가 파르르 떨렸다.

천마검은 그런 손거문을 계속 노려보며 말을 이었다.

"몰랐다고 거짓말하지 마라. 뭐, 세상이 다 아는 일을 너 혼자만 몰랐다면, 그것 역시 패왕의 별이 될 자격은 없지만."

"……."

"천하를 꿈꾸는가? 패왕의 별이 되고 싶은가? 그럼 먼저 주변부터 정리해라. 네 사매만이 문제가 아니다. 너의 다섯 사부 중 하나는 한 마을의 민간인을 학살한 살인마고, 또 한 명은 밤에 담을 넘어 여러 여인을 겁탈한 색마다. 너는 그런 악당을 사부라며 성심껏 모시고 있다지?"

손거문은 입술을 깨물며 주먹만 부르르 떨 뿐, 뭐라 반박하지 못했다. 천마검의 냉혹한 질책이 이어졌다.

"너희 수하들이 싸우는 모습을 제대로 본 적이 있는가? 흉폭하고 잔인하다. 서로의 신념이 다르다지만, 전장에 선 이들은 모두가 무사다. 그런 무사들을 농락하는 너희들을 과연 무사라고 부를 수 있을까? 너는 세상이 너희들을 산적이니 뒷골목 왈패니 무시한다고 떠들지만, 그건 사실이잖나? 그들이 민간인을 괴롭히는 일들을 너는 정녕 모르는가?"

"……."

"너 혼자 깨끗하다고 패왕의 별에 오를 수 있다고 착각하지 마라. 물론 패왕의 별에 오르기 위해 힘이 필요하겠지. 하지만 그렇다고 패악질하는 동료와 수하들을 눈감고 외면하는 네가 무슨 명분으로 패왕의 별이 되겠다고 하는가!"

야월화가 무상을 살피다가 발끈하며 끼어들었다.

"천마검! 그런 식으로 따지면 너희 마교는 깨끗하냐? 너희들도……."

천마검이 피식 웃고 그녀의 말을 끊었다.

"그래서 나는 싸우고 있다. 고치고 개혁하고 있다. 온갖 부조리와 불합리에 맞서 싸우고 있다. 내가 말했잖아.

나는 마협이라고."

그는 무상에게 시선을 다시 돌려 말을 이었다.

"순서가 틀렸다, 무상. 패왕의 별에 오른 다음에 민초를 보듬고 무림의 개혁을 하겠다고? 아니, 넌 못한다. 하려면 벌써 시작했어야 한다. 너는 이미 불의를 외면하는 것에 익숙해 있단 말이다."

무상이 대도를 곧추세워 천마검을 겨눴다.

"그래도 난 패왕의 별이 될 것이다. 늦은 만큼 더 과감하게 세상을 바꿔 나갈 것이다."

천마검이 피식 웃고 대꾸했다.

"네가 패왕의 별이 되지 못하는 또 하나의 중요한 이유가 바로 그거다."

"……?"

"결국 논리가 막히니까 힘을 앞세우지. 그것 역시 습관이다. 네가 나중에 어려운 일에 봉착하게 되면 다시 힘을 앞세우게 될 것이다. 쉽고 간단하니까."

"……."

"뭐, 좋아. 네 알량한 힘도 사실 보잘것없었다는 것을 지금 깨우치게 해주지."

"닥쳐라! 무사라면 칼로 말하라!"

천마검의 눈빛이 차가워졌다.

"그렇게 하지. 진짜 힘을 보여주마."

말이 끝나기 무섭게 그의 신형에서 독특한 기운이 뭉클뭉클 피어났다. 마기와 사기가 뒤섞인.

천마검이 손거문을 향해 몸을 날렸다. 그러자 손거문이 이를 악물고 마주 달렸다.

2

팔 척 거구인 손거문과 육 척의 호리호리한 천마검.

마치 거대한 호랑이와 날렵한 표범이 서로의 숨통을 물어뜯으려 달려드는 것처럼 느껴졌다.

빙봉과 문상, 그리고 정파와 사파의 무인들은 두 맹수의 충돌을 지켜보며 숨을 죽였다. 멀찍이 떨어져 있는 야산의 흑천련 수장들도 마찬가지였다.

마신지경과 사신지경의 이 차 격돌.

마침내 천마검이 달리다 땅을 박차며 살짝 도약하고는 하강하며 무쌍검을 휘둘렀다.

손거문은 눈을 빛내며 즉각 멈춰서 힘껏 대도를 쳐올렸다.

콰앙!

칼과 칼이 충돌하는 순간, 도검에 어려 있던 강기가 깨지며 사방으로 흩날렸다. 그러더니 손거문의 잇새로 곤혹스러운 느낌의 헛바람이 터져 나왔다.

"허!"

전력을 다해 대도를 쳐올렸건만, 천마검은 전혀 밀리지 않았다.

손거문은 발로 대지를 딛고 있고, 천마검은 몸을 띄워 날아온 상황. 당연히 천마검이 뒤로 밀려나야 했다. 하지만 현실은 상식을 파괴했다.

천마검은 무쌍검으로 대도를 누르며 땅에 착지하고는 밀어내기까지 했다.

주르륵.

손거문의 두 발이 뒤로 미끄러졌다.

지켜보던 이들 중 야월화가 자신도 모르게 중얼거렸다.

"사, 사형이 힘에서 밀린다고?"

비록 한 장면에 불과하지만, 사파인들은 큰 충격을 받았다.

천마검과 손거문이 서로의 칼을 밀어내며 떨어졌다가 다시 붙었다.

쩌엉!

무쌍검이 충돌과 함께 뒤로 튕겨 나갔다. 천마검은 팔을 빙글 돌리며 튕겨지는 검으로 다시 대도를 때렸다.

쩡쩡쩡쩡쩡쩡쩡!

쉴 새 없이 대도를 두들기는 무쌍검, 그리고 그 무쌍검을 계속 쳐내는 대도.

그걸 지켜보는 사람들의 눈에는 두 사내가 마치 수백여 개의 칼을 휘두르는 것처럼 보였다.

칼과 칼이 만들어내는 빛무리와 잔상 속에서 마주 보는 서로의 눈이 번뜩였다.

눈으로 쫓을 수 없는 빠름을 구사하고 있지만, 둘이 인식하는 시공간은 마치 정지된 것 같았다. 그 정지된 세상에서 칼만 움직이며 서로의 공간을 침투하고 베었다.

파파파파팟!

작은 상처는 개의치 않는 서로의 몸에서 핏방울이 튀었다.

콰직, 콰직!

칼이 보여주는 미친 속도의 세상 속에서 두 주먹이 뻗어 나와 정면충돌했다.

허초와 실초가 뒤섞이고, 종국에는 허초도 실초 못지않은 힘으로 상대를 위협했다.

한 초, 단 한 초라도 놓치면 죽는다.

슈우웃.

무쌍검이 대도를 피해 손거문의 안으로 파고들었다. 하지만 손거문은 대도의 방향을 틀며 검을 쥔 천마검의 팔을 노렸다.

쇄애액, 쇄액.

무쌍검이 손거문의 아랫배를 노리는 순간, 대도가 천마

검의 팔등에 닿았다.

손거문의 허리가 뒤로 빠졌고, 천마검의 팔이 비스듬하게 휘었다.

파파앗.

손거문의 아랫배를 덮고 있던 상의가 갈라졌다. 천마검의 팔등이 살짝 찢어지며 핏방울이 핏! 핏! 튀었다. 그렇게 경상을 입은 팔이 계속 안으로 파고들어 손거문의 옆구리를 잡아챘다.

"……!"

손거문의 눈동자가 흔들렸다. 그는 자신의 몸이 허공으로 붕 뜨는 것을 느끼며 이를 악물었다.

육 척인 천마검이 한 손으로 팔 척 거구인 손거문의 옆구리를 잡아 옆으로 패대기쳤다.

콰아앙!

손거문은 입안으로 틀어박히는 거친 흙을 씹으며 손에 힘을 주었다. 자신의 옆구리를 잡은 천마검의 손목을 비틀며 위로 던졌다.

부우우웅!

천마검의 신형이 허공으로 떠올랐다가 곧바로 떨어져 내렸다.

쇄애애액!

무쌍검을 앞세우고 일직선으로 떨어지는 천마검.

파라라라, 콰직!

손거문이 몸을 굴려 피한 땅에 무쌍검이 깊숙이 박혔다가 빠져나왔다.

급히 뒤로 몸을 물린 손거문이 천마검을 향해 대도를 곧추세웠다. 갑자기 그의 신형 주변으로 여느 때보다 강렬한 살기와 함께 거대한 기운이 피어올랐다.

단순한 반격이 아니었다. 대도에 어리기 시작한 붉은 기운의 용.

용검뇌다.

다시 모습을 드러내는 손거문의 최고 절기.

그는 천마검과 근접 기격박투를 해서는 불리하다는 것을 분하지만 인정할 수밖에 없었다. 그렇다면 내공을 폭발시켜 유리한 고지를 선점하는 방법밖에 없다고 판단했다. 평소 용검뇌를 펼칠 때보다 훨씬 더 많은 내공을 투입했다.

만약 이것으로도 날뛰는 천마검을 누르지 못한다면…… 그 뒷일은 상상하기도 싫었다. 또한 천마검이 용검뇌를 받아내지 않고 피할 위험도 있었다.

하지만 손거문은 아낌없이 공력을 끌어 올렸다.

천마검이라면 이 승부를 결코 피하지 않을 것이라는 직감을 믿었다. 그리고 그의 판단은 옳았다.

천마검은 손거문에게 달려들려다가 용검뇌가 펼쳐지는

것을 보고 멈춰 섰다. 그러고는 찰나 눈살을 찌푸리다가 곧바로 자신도 내공을 한가득 끌어 올렸다. 그러자 그의 드러난 육체가 거무스름하게 변해갔다.

우우우우웅.

두 사내의 칼이 울고, 대기도 거친 돌개바람을 수십여 개나 만들어내며 치를 떨었다.

멀찍이 떨어져서 이 경천동지할 대결을 지켜보고 있던 정파인과 사파인들의 안색이 핼쑥해졌다. 자신들이 있는 곳까지도 어마어마한 압박이 가해져 왔다. 그리고 저 둘이 충돌하는 순간, 그 폭발의 여파가 예사롭지 않을 것임을 간파했다.

누군가가 급한 어조로 외쳤다.

"공력을 끌어 올려 심신을 보호하라! 내공 고수들은 부상자들을 신경 써주시오!"

마침내 대도에서 붉은 용이 수없이 많은 강기와 함께 움직였다. 그와 동시에 천마검이 낮은 기합을 지르며 무쌍검을 휘둘렀다.

천마패검술(天魔覇劍術) 삼장 최종절, 패검붕산.

최강의 무인이라 불리는 천마가 창안한 무공 중 가장 패도적인 절학이다. 그것에 천마검은 자신이 얻은 죽음의 기운을 더했다.

번쩍!

무쌍검이 눈을 뜨고 보기 어려울 정도의 휘황찬란한 빛무리를 쏟아냈다.

쐐아아아아아!

패검붕산과 용검뇌가 펼쳐지며 허공을 찢는 파공성이 사람들의 고막을 파고들었다.

그 순간, 사람들의 피부에 소름이 돋아났다. 고수든 하수든 상관없었다. 절대고수인 대산 종표파자조차 침음을 흘리며 몸을 부르르 떨었다.

"사, 사람이 어찌 저런 힘을……?"

그의 곁에 있던 광혈창도 눈을 치켜뜨고 아연한 표정을 지었다.

콰앙! 쾅쾅쾅쾅쾅쾅콰아아앙!

요란한 폭음이 잇달아 허공을 두드렸다.

적룡의 모습이 붕괴되고, 강기가 소멸하거나 사방으로 튕겨져 나갔다. 무쌍검에서 뿜어져 나온 빛무리도 마찬가지였다. 충돌하는 순간부터 쉼 없이 폭발하다가 점차 빛이 잦아들었다.

그렇게 두 사내가 펼쳐 낸 일격이 마무리되면서 주변으로 후폭풍이 찾아왔다.

화아아아악!

몇 개의 회오리바람이 생겨나 땅을 뒤집었다. 주변에 널려 있던 돌이 으깨지고, 흙은 높이 솟구치며 마른 흙내를 풍겼다. 또한 충돌한 지점을 중심으로 생겨난 폭풍이 원형으로 넓게 퍼지며 흙먼지를 동반하고 쓸려 나갔다.

그랬다.

그건 폭풍이었다.

전장에 떨어져 있던 병장기는 물론, 시신들까지 사방으로 내던져졌다.

정파와 사파의 무인들 중 일부가 각혈을 했고, 버티던 이들도 얼어붙었다.

세상에 이렇게 무지막지한 후폭풍이라니!

사람과 사람의 대결이 아니었다. 이건 무신과 사신의 대결이었다. 그 외에 다른 표현은 떠오르지 않았다.

만약 저 공격 앞에 자신이 서 있었다면?

몸이 갈가리 찢어졌으리라!

지독한 흙먼지가 정파인과 사파인들을 지나쳐 멀리까지 휘몰아쳤다.

그 폭풍의 여파 때문일까.

천마검과 무상의 주변은 쾌청했다.

마치 공기도 사라진 것 같았다.

바람, 소음, 흙먼지…… 아무것도 없었다.

그렇게 두 사내는 서로를 마주 보며 일체의 동작도 없이 서 있었다.

쨍!

갑자기 맑은 쇳소리가 들렸다.

손거문의 대도에서 일어난 그 소리는 균열의 파괴성이었다.

쨍, 쨍! 찌이이이잉!

대도를 따라 거미줄 같은 실금이 퍼져 나가더니, 마침내 요란한 굉음이 일었다.

쩌어엉!

어지간한 성인의 몸을 숨길 수 있을 정도로 넓은 도신이 깨져 나갔다. 수십여 개로 조각나 허공에 뿌려지는 파편들이 햇빛을 받아 눈부시게 반짝거렸다.

손거문이 밭은기침을 한차례 하고 입을 열었다.

"천마검…… 대단하구나."

그의 입가로 한 줄기 검붉은 핏물이 주르륵 흘러나왔다. 그의 얼굴엔 후회와 자책이 어렸다.

천마검이 자신의 용검뇌 못지않은 절학을 가지고 있을 일말의 가능성도 고려해야 했거늘.

그리고 천마검이 쥐고 있던, 천하오대명검 중 하나인 무쌍검에서도 쨍! 쨍쨍! 하는 소리가 터져 나왔다.

비록 무상의 대도처럼 산산조각 나지는 않았지만, 그의 검신에도 실금이 몇 개 생겨났다.

천마검은 미련 없이 무쌍검을 뒤로 던지며 담담하게 말했다.

"제법 훌륭한 칼이었는데, 아쉽군."

그가 앞으로 발을 내디뎠다.

손거문은 이를 악물었다.

진기는 진탕되어 몸 내부에서 날뛰었고, 몸은 마비됐다.

이대로 있으면 천마검의 손속에 허무하게 당할 수밖에 없었다.

"으아아아압!"

그가 비명 같은 기합을 내질렀다. 스스로 입술을 깨물어 찢었다.

저릿저릿한 경련을 일으키던 팔을 억지로 움직였다.

투툭.

어깨뼈가 엇갈리는 소리를 냈다. 지독한 고통이 그를 덮쳤다. 하지만 그는 아랑곳하지 않고 팔을 움직였다. 그러더니 쥐고 있는, 이제는 도신의 대부분이 사라져 버린 대도로 자신의 허벅지를 찍었다.

푸욱.

허벅지에서 핏물이 솟구치며 몸 전체의 마비가 풀렸다. 그 순간, 천마검의 주먹이 날아왔다.

콰직!

손거문은 얼굴을 얻어맞으며 뒤로 주르륵 미끄러졌다.

퍽, 퍽퍽퍽!

천마검은 곧바로 따라붙으며 잇달아 주먹을 날렸다. 휘청거리며 물러나던 손거문이 대도를 던져 버리고 큰 손으로 천마검의 주먹을 잡아 막았다. 그 순간, 천마검의 발이 배에 꽂혔다.

퍼억!

"큭!"

손거문의 육중한 거구가 뒤로 나동그라졌다. 그 위로 천마검이 벼락처럼 덮쳐 왔다.

쇄애액.

천마검의 팔꿈치가 손거문의 얼굴을 찍었다. 손거문은 급히 고개를 돌려 피하고 자신도 주먹을 뻗었다.

콰직!

그의 주먹이 천마검의 옆구리를 강타했다. 하지만 천마검은 살짝 미간을 찌푸리며 짧은 신음을 뱉을 뿐, 물러나지 않았다. 아니, 주먹으로 그의 등을 후려쳤다.

퍼억!

"크윽!"

손거문은 척추가 으스러지는 것 같은 충격에 신음을 흘리며 몸을 굴렸다. 연속 동작으로 일어나는 그에게 천마검의 선풍각이 들이닥쳤다.

부우우웅.

돌려차기가 가공할 풍압과 함께 손거문을 덮쳤다. 손거

문이 허리를 굽혀 안으로 파고드는데, 천마검의 무릎이 꺾였다.

퍼억!

손거문의 머리에 천마검의 발바닥이 작렬했다. 하지만 손거문은 앞으로 고꾸라지면서도 몸을 빙글 회전했다. 그의 발이 뒤에서 날아와 천마검의 안면을 강타했다.

파직!

그러나 강타당한 건 천마검의 얼굴이 아니었다. 그의 손바닥이 손거문의 발을 막았다. 그러더니 손을 빙글 돌렸다.

손거문은 발목이 꺾이지 않기 위해 버티려 했다.

짧은 순간, 힘과 힘의 대결.

둘의 눈이 허공에서 마주쳤다.

그러던 중 천마검이 씩 웃었다.

홰액.

천마검은 손거문이 힘주는 방향으로 손을 틀었다. 그러자 손거문의 팔 척 거구가 허공에서 빠르게 빙그르르 돌다가 땅에 떨어졌다.

철퍽!

그가 땅과 충돌하는 순간, 천마검의 발이 움직였다.

콰직!

"크으윽!"

손거문은 옆구리에 이는 고통에 비명을 뱉으며 몸을 굴렸다. 갈비뼈 몇 개가 금이 갔음을 직감했다.

쇄애애액!

천마검의 주먹은 연신 움직였다. 손거문은 그 주먹들을 막거나 흘리면서 반격을 노렸다.

그리고 찰나간 찾아온 허점.

손거문의 눈이 번뜩였다. 그는 있는 힘을 다해 그 허점을 향해 주먹을 내질렀다.

순간, 그의 귀에 천마검의 나직한 음성이 천둥처럼 들렸다.

"훗, 의도한 허점 속으로 들어와 주다니. 초조해서 판단력이 흐려졌나?"

천마검의 목소리.

그의 말이 끝났을 때, 이미 손거문의 거구는 허공에 붕 뜬 상태였다. 그가 내지른 주먹을 천마검이 몸을 돌리며 팔을 잡아채고 엎어친 것이다.

콰아아앙!

손거문이 볼썽사납게 다시 땅과 충돌하고는 데굴데굴 굴렀다. 그러고는 급히 몸을 일으키며 양손을 활짝 펼쳤다.

화아아악!

주변에 깨져 있던 돌의 파편들이 다가오는 천마검을 덮

쳐 갔다. 어지간한 고수라도 대경해 몸을 피해야 할 순간이었다. 하지만 천마검은 가볍게 손을 펼쳤다.

그러자 그의 손에서 사나운 장풍이 일어나며 암기가 된 돌멩이들을 날려 버렸다.

손거문의 입에서 탄식이 흘러나왔다.

"아아……."

상대는 천마검이다. 진탕된 기운으로 펼쳐 봐야 그에게 작은 위협도 줄 수 없었다.

어느새 천마검의 손에는 수강이 맺혀 있었다. 그 수강 맺힌 손날이 손거문의 목을 향해 짓쳐 들었다.

손거문은 패배를 직감했다. 하지만 그의 뇌리로 자신만 바라보는 사매의 얼굴이 번개처럼 스쳤다.

'사매…….'

천마검이 말했듯이 그녀는 잔인하고 간신이었다. 하지만 손거문은 그녀를 떨쳐 낼 수 없었다.

아주 어릴 때, 그녀를 처음 본 순간 반해 버렸으니까. 그녀의 악행을 볼 때마다 가슴 아팠고, 그래서 그때마다 훈계했다. 하지만 그녀는 변하지 않았다.

손거문은 자신의 꿈인 패왕의 별이 되기 위해서 그녀를 자신의 마음에서 내몰아야 한다고 생각했다. 그리고 셀 수도 없이 그렇게 하려고 했다.

하지만 한 번도 성공하지 못했다.

사랑이라는 깊은 늪에서 빠져나올 수가 없었다.

손거문은 억지로 힘을 쥐어짜서 천마검의 손날을 팔로 막았다.

콰직!

손거문이 옆으로 고꾸라졌다. 그렇게 무너지는 순간, 헛웃음이 흘러나왔다.

천마검에게 이렇게까지 일방적으로 자신이 밀리는 이유가 뭘까?

실전 경험이 그보다 적어서?

그보다 내공이 얕아서?

천마검의 무공보다 자신의 절학이 형편없어서?

아니다.

손거문은 그 답을 알았다.

천마검의 정곡을 찌르는 일갈.

그 말에 자신은 반박할 수가 없었다. 그 순간, 모든 것이 모래성처럼 무너졌다.

패왕의 별이 되어서 개혁을 하겠다는 그의 다짐이 명분을 상실하는 순간, 영웅의 용맹과 의기충천은 기회주의자의 탐욕으로 변질됐다. 그것을 억지로 외면하려고 하자 초조해졌고, 무리수를 두게 만들었다.

천마검을 빠르게, 그리고 압도적으로 무너뜨리는 것만이 자신의 드러난 치부를 숨길 수 있다고 믿었기에.

쇄애액!

파직!

천마검의 발등이 그의 얼굴을 강타했다. 뒤로 날아가는 손거문의 입에서 피 분수가 터져 나왔다. 그의 코에서도 핏물이 계속 흘렀다.

하지만 그는 땅을 구르고 다시 일어섰다.

패하더라도, 이곳에서 죽더라도 최선을 다하다 죽겠다는 필사의 각오.

파아아앗.

천마검의 주먹이 얼굴로 짓쳐 들었다.

손거문은 태어나 처음으로 사람의 주먹이 무섭다는 생각을 했다. 자신의 주먹이 상대를 공포스럽게 만드는 것은 일상이었다. 하지만 자신이 상대의 주먹에 공포를 느끼게 되는 날이 올 줄이야.

정말이지, 저 주먹은 쇳덩이였다.

겨우 막는다 해도 온몸이 저릿저릿 경련을 일으켰다.

천마검의 주먹을 손바닥으로 막아내도 그의 주먹은 멈추지 않고 계속 움직였다. 두 주먹이 보이지도 않는 속도로 허공을 갈랐다.

파파파파파파파팍! 타타타타타타타탁!

천마검은 때리고, 손거문은 막았다.

전광석화처럼 두 사내의 주먹과 손이 부딪치고 엇갈리

다가 다시 충돌했다.

둘의 신형이 허공으로 떠올라 서로 돌려차기를 하고, 땅에 착지해 다시 손속을 교환했다.

그리 숨 가쁘게 기격박투가 이뤄지는 순간에도 주변에서는 연신 회오리바람이 생겨나 사방으로 휘몰아쳤다.

지켜보는 이들은 한숨을 내쉬고 고개를 저었다.

짧은 순간에 수백여 차례나 오가는 공수에 기가 질렸다.

한 번 내지르는 주먹에 권풍과 권경이 빗발쳤고, 막아내는 손바닥에서는 장영이 떠올라 기운을 삼켰다.

천마검이 몸을 빙글 돌리며 선풍각을 날렸다.

파라라라!

천마검의 하의가 바람에 찢어질 듯 펄럭였다. 손거문이 어금니를 깨물고 천마검의 발을 막았다.

타악!

"……!"

손거문의 눈동자가 흔들렸고, 입에서 탄식이 흘렀다.

"아……."

천마검의 발은 손거문의 커다란 손을 밀어내고 그대로 전진했다. 그러고는 손거문의 관자놀이를 강타했다.

콰직!

손거문의 몸뚱어리가 옆으로 삼 장여 팽개쳐졌다.

언제나 벌떡 일어나거나 낙법으로 몸을 굴리던 손거문이었다. 그러나 이번엔 달랐다.

그는 몸을 부르르 떨며 일어나려다가 다시 엎어졌다.

"흐윽!"

극심한 고통에 옆구리를 부여잡았다. 마침내 금이 가 있던 갈비뼈 중 하나가 부러져 버렸다. 뿐만 아니라 억지로 쥐어짜 내던 내공도 흩어졌다. 진탕된 진기가 혈맥 곳곳까지 침투한 것이다.

천마검은 손등으로 이마의 땀을 훔치고는 앞으로 발을 내디뎠다.

"끝내자, 일그러진 영웅이여."

〈『패왕의 별』 3부, 제24권에서 계속〉

패왕의 별

1판 1쇄 찍음 2017년 5월 24일
1판 1쇄 펴냄 2017년 5월 31일

지은이 | 강호풍
펴낸이 | 정 필
펴낸곳 | 도서출판 **뿔미디어**

편집장 | 문정흠
기획 · 편집 | 한관희

출판등록 | 2002년 9월 11일 (제1081-1-132호)
주소 | 경기도 부천시 원미구 소향로 17번길(두성프라자) 303호 (우) 14544
전화 | 032)651-6513 / 팩스 032)651-6094
E-mail | bbulmedia@hanmail.net
비북스 | http://www.b-books.co.kr

값 8,000원

ISBN 979-11-315-7920-6 04810
ISBN 979-11-315-2568-5 04810 (세트)

※파본은 구입하신 서점에서 교환하여 드립니다.

BBULMEDIA

BBULMEDIA